講談社文庫

分家の始末

下り酒一番㈡

千野隆司

講談社

目次

『分家の始末　下り酒一番㈡』――おもな登場人物

卯吉　霊岸島新川河岸の酒問屋武蔵屋の手代。先代市郎兵衛の妾腹三男。
市郎兵衛　先代の跡を継いだ酒問屋武蔵屋の主。放蕩癖あり。
次郎兵衛　芝浜松町の小売り酒屋武蔵屋分家の主。市郎兵衛の弟。見栄を張る。
お丹　先代の女房。市郎兵衛、次郎兵衛の母。武蔵屋を差配している。
小菊　市郎兵衛の女房。市郎兵衛は冷たい。
乙兵衛　帳場を預かる一番番頭。仕事は丁寧だが、事なかれ主義。
巳之助　二番番頭。
桑造　手代。お丹や市郎兵衛がお気に入り。
吉之助　武蔵屋を背負っていた大番頭。卯吉に期待をしていた。故人。
竹之助　武蔵屋分家の番頭。
丑松　武蔵屋分家の手代。

東三郎　西宮の船問屋今津屋・江戸店の主人。武蔵屋と親しい取引先。

お結衣　東三郎の娘。一つ上の卯吉には親切。

勘十郎　大伝馬町の太物屋大和屋の主。先代市郎兵衛の弟。

吉右衛門　小菊の養父で、下り酒問屋坂口屋の主。

茂助　卯吉の亡き母おるいの弟。諸国を巡る祈禱師。棒術の達人。

寅吉　岡っ引き。卯吉と同い年の幼馴染み。

庄助　上灘の大西酒造の番頭。新酒稲飛を売り込む。

惣太　船頭。春嵐のとき、卯吉に救われたことがある。

田所紋太夫　定町廻り同心。寅吉を使う。

宗次　お結衣にちょっかいを出す遊び人。

甲助　宗次の悪仲間のやくざ者。

与之助　畳表など商う大文字屋の主人。分家の旦那衆の一人。

清七　芝神明町の小売り酒屋篠塚屋の主。店を畳むことになった。

槙本寿三郎　旗本室賀家の用人。

下り酒一番㈡

分家の始末

前章　二つの約定

一

店の前の広い通りを、担ない売りの魚屋が、初鰹を食べないかと呼び声を上げて通り過ぎた。初夏の到来を伝える強い日差しが、店の日除け暖簾を照らしている。

店の中から外に目をやると、眩しさに息を呑む。酒樽を運び出す小僧は、額に汗を浮かべていた。四月になって、すでに数日が過ぎている。

「灘桜は、もう品切れですか」

「申し訳ありません。百樽仕入れたのですが、あっという間に売り切れてしまいました」

「なるほど、霊岸島新川河岸の指折りの大店武蔵屋が仕入れた極上の下り酒ですからね、仕方がないでしょうね」

「ええ。灘自慢ならば、まだ少しあります。いかがでしょうか。これも評判の酒ですよ」

主人の次郎兵衛は、客に二番人気の酒を勧めた。これも武蔵屋では、売れ筋の品だった。

「ほう。まだ灘自慢がありますか。ならば三樽いただきましょう」

客は、芝では名の知られた料理屋の板前である。武蔵屋の顧客に紹介されて、初めて店にやって来た。

「はい。かしこまりました」

ぜひとも常連の客にしたい次郎兵衛は、愛想笑いを浮かべて頷いた。客は店内に積まれた薦被りの酒樽に、目をやった。薦には図案化された様々な銘柄が、色も艶やかに印附されている。

「他にも、多数の下り酒があります。うちは分家とはいえ、新川河岸の武蔵屋本家と同じ品ぞろえをしています。取り寄せることもできますよ」

次郎兵衛は、胸を張った。

「確かに、見事なものだ。灘だけでなく、大坂三郷、池田、伊丹、今津、西宮などの品もありますね」

一渡り品々に目をやってから、大きく頷いた。

霊岸島の新川河岸には、大店や老舗といった下り酒問屋が櫛比している。本家の武蔵屋は、その中でも指折りの問屋として、年間三万二千樽を商った。江戸で下り酒商いをする者で、武蔵屋を知らない者はいない。

本家武蔵屋の主人市郎兵衛は、次郎兵衛とは三つ違いの兄である。次郎兵衛は二年前の二十三歳の時、分家して芝浜松町四丁目で小売りの店の主人となった。店の軒下には、本家と同じ暖簾をかけている。

実父で武蔵屋の主人だった先代市郎兵衛が亡くなって一年後のことである。当時存命だった大番頭の吉之助は時期尚早だと渋ったが、先代の女房であり次郎兵衛の母であるお丹が、強引に事を進めた。

「ろくに商いの修業もしなかった、甘やかされただけの次男坊だ。分家をしても、一年もしないで店を潰すぞ」

と陰口を叩いた者がいることは知っている。しかしそれでも、二年たった。本家の暖簾があるし、母にも助けられた。ただ上々の商い高とはいえない。ここらで一つ、大きな商いをして、本家の者や親類、陰口を叩いた同業者たちの鼻を明かしてやりたいとは、日頃から考えていた。

「ではこちらの酒も、二樽いただきましょう」

灘の名の知れた酒を注文して、料理屋の主人は引き上げていった。そしてほぼ入れ違いに、酒商いとは関わりのない人物が、店の敷居を跨いで入って来た。

「ちょいと、お邪魔しますよ」

口元に笑みを浮かべている。浜松町三丁目で、畳表や布縁、蚊帳を商う大文字屋の主人与之助だった。本店は日本橋通町にある大店で、次郎兵衛の店と同じように、分家として商いをしていた。

歳は向こうの方が二つ上だが、分家同士ということもあって、昵懇とはいえないが会えば挨拶もするし、立ち話くらいはする間柄になった。祭礼などの折には、他の旦那衆と一緒に酒を飲むこともあった。

稼業には熱心だが、吉原や近隣の女郎屋の話もする。商いも遊びも、という者だと察していた。

「ようこそ、お越しくださいました。さあどうぞ」

上がり框に腰を下ろさせた。商いの話ではなさそうだが、歳の近い旦那衆の一人だ。小僧に茶を運ぶように命じた。

買い求めた灘桜や灘自慢は美味しかった、という話をしてから、与之助は本題に入った。

「折り入って、ご相談がありまして」

慎重な眼差しになっている。遊びの話をしているときとは、まるで別人だった。

「いったいどのような」

少しばかり、次郎兵衛も気持ちが引き締まった。

「隣町の神明町に篠塚屋という小売り酒屋がありますが、ご存知ですか」

「ええ、表通りの店ですから」

商い上の付き合いはないが、芝口橋方面へ出るときには嫌でも前を通る。同業の店でもあるから、どのような品を置いているかと覗いて見ることもあった。

繁盛している店には感じない。品薄な印象があった。

「実は篠塚屋さんでは、他所からお金を借りることになっていましてね。次郎兵衛さんに、保証人になってもらえないかと思って伺ったんですよ」

「ええっ」

藪から棒でびっくりした。保証人は、金を借りた者が返せなくなったならば、代わって返済をしなくてはならない。とんでもない話だ。

篠塚屋とは何の義理も縁故もない。保証人になって得になることは、何一つない話だった。

にわかに、冷めた心持ちになった。返事をする気にもならない。馬鹿にしているのか、とさえ思った。

黙ったままでいると、与之助が話を続けた。

「お店を見ていてもお気づきでしょうが、篠塚屋さんの商いはうまくいっていません。この度は、店を閉じることになりました」

借金は、百五十両ほどあるという。店を手放して返済に充てるつもりだが、その金子(きんす)が手に入るのが、他の借金の返済日よりも半月遅くなる。その間の繋(つな)ぎのための借金の、保証人になってほしいというものだった。

次郎兵衛にしてみれば、どうでもいい話である。相手が同じ町の旦那衆の一人だから、我慢をして聞いていた。そうでなければ、追い返すところだ。

「篠塚屋は代々、大御番頭(おおごばんがしら)を務める五千石の旗本室賀(むろが)美作守(みまさかのかみ)様の御用達でしてね。金子を用立てるのは、室賀家のお殿さまです。酒好きのお殿様は、代々の御用をよしとして、店が潰れることを不憫(ふびん)と思われた。そこで短い間ということで、用立てをする話になった。一月足らずで店は売れ、返済はなされるわけですから」

確かに篠崎屋の店舗は東海道に面した芝の一等地と言っていい。売りにくい物件とは思われなかった。

ただそれでも、次郎兵衛は気持ちが乗ったわけではなかった。

「ただお殿様が用立てをなさるわけですから、たとえ形だけでも保証人がいないわけにはいきません。そこで武蔵屋さんにお願いをしたいのですよ」

「しかしねえ。縁もゆかりもない方ですからね」

次郎兵衛は、苦い顔をして見せた。このあたりで、話を切り上げたいと考えている。

「篠塚屋さんが暖簾を下ろすとなると、室賀家のお酒の御用を承る御用達がいなくなります。もし武蔵屋さんが保証人になっていただけるならば、その後釜に入っていただいてもいいと、室賀家の用人槙本寿三郎様はおっしゃっているんですがね」

「五千石のご大身の御用達ですか」

気持ちが動いた。次郎兵衛は念を押した。

「そうです。借金は間違いなく、一月で返済されます。貸し手は室賀様です。その借り手の保証人として、借用証文に署名をするだけで、御用達として受け入れられることになります」

「ううむ」

「うまい話だと思いますよ。だから私はまず、次郎兵衛さんにお話しに来たんです」

笑みを向けた。親しみのある眼差(まなざ)しだと感じた。

「他にも、酒商いの店はありますけれどもね」

と言い足した。

五千石のご大身の御用達になれば、店の格が上がる。陰口を利いていた親類の者や同業者を、どうだと見返してやれる。次郎兵衛の頭に浮かんだのは、まずこのことだった。

与之助の話は、まだ終わらない。

「室賀家は、お大名や他の大身旗本家とも縁戚関係がありますからね、それらのお家とも繫(つな)がりができます。私の店は室賀家の御用を足させてもらっていますが、本家では縁戚の他のお屋敷に出入りを許されています」

大文字屋の本店が、名の知られた大店(おおだな)なのは百も承知だ。

与之助は懐(ふところ)から、旗本武鑑を取り出した。そして室賀家の項を開いた。

「ご覧なさい」

指差された箇所には、室賀家の縁筋に当たるご大身の名が記されている。次郎兵衛はその名に心を奪われた。

こうなると、どうでもいい話ではなくなっていた。

「ご本家の方々も、さぞや驚きますよ。お歴々を後ろ盾にする、五千石の室賀様の御用を承るようになるわけですから」

この言葉は、次郎兵衛の胸の内をくすぐった。

仕方がないと思いつつも、本家の世話になることが多い。しかしこれで「どうだ」と見返してやれる。しかも署名をするだけで、自分に負担はない。

それでも、話がうますぎる気はした。簡単には頷けるものではなかった。百五十両の借金である。

その次郎兵衛の心中を見抜いたように、与之助は口を開いた。

「篠塚屋さんに会っていただきましょう。またご不審な点もあるでしょうから、室賀家のご用人槙本様に会っていただく手はずも整えますよ」

「お屋敷へ伺うわけですか」

「そうです。もちろん今すぐ、というわけにはいきませんが。まずは篠塚屋さんに会ってもらいましょう」

善は急げと呟いて、すぐにも神明町の店に行こうと誘われた。

篠塚屋になど関心はないが、与之助から話を聞くだけでは埒(らち)が明かないと思った。

「では、参りましょうか」

次郎兵衛は履(は)き物(もの)をひっかけた。

さして歩かないうちに、篠塚屋の前に着いた。改めて店を覗くと、品薄で、煤(すす)けたような活気のない店に見えた。

じきに店を閉じるからか、奉公人の姿はうかがえなかった。

「私が主人の清七(せいしち)でございます」

与之助が呼びかけて出てきたのは、三十をやや過ぎた歳ごろの、中背で金壺眼(かなつぼまなこ)の男だった。店の前を通りかかった折に、何度か見かけたことがある。

すぐに奥の部屋へ通された。調度品のない、がらんとした部屋である。

「いや、面目ない話でございます。親から引き継いだ店を、私の代で閉じるのは」

伏し目がちに、ぼそぼそとした声で言った。見るからに実直そうな男だった。

「店を閉じて、どうするのですか」

「もう表通りの商いはできませんから、江戸の外れで細々と商いを続けます。女房と子どもは実家へ帰していますが、いつかは呼び返したいと考えています」

店を手放すのは、確かなようだった。

「御用達の件を、聞いていますか」

　ここが一番肝心なところだ。はっきりさせておかなくてはならない。

「はい。保証人になってくださるならば、用人の槙本様が後に入れるとおっしゃっていました。新川河岸の武蔵屋の分家ならば、不満はないという話で」

　室賀家では、武蔵屋の暖簾を頭に入れてこの話を進めようとしている模様だった。その場の成り行きだけで話をしているのではないと感じた。

「ですから、槙本様に会っていただきたいんですよ」

　与之助は、清七の言葉を補うように付け加えた。

　旗本家の用人が、御用達にすると請け合うならば、話は別だ。次郎兵衛の気持ちは、大きく傾いていた。

「では室賀様に話を伝えましょう。面談の日にちが決まったら、お知らせすることにいたします。断るのなら、その後でもいいでしょう」

　与之助は言った。このときにはもう、怪しい話だとは考えていなかった。

　四日後、次郎兵衛は与之助に伴われて駿河台（するがだい）にある室賀屋敷へ出向いた。知らせがあったのは昨日で、それまでの間はじりじりした。

この話を受けたいという気持ちが、徐々に大きくなっている。室賀家の御用達になったことを、霊岸島の本家に伝えに行く自分の姿を頭に描いた。晴れがましい気持ちに、なってくる。

屋敷は五十間の間口で、屋根の出張った門番所付きの長屋門だ。掃除も、行き届いていた。その壮麗さに、次郎兵衛は圧倒された。本家の武蔵屋は、大名家や大身旗本家の御用達を受けているが、配達などでご大身の屋敷へ行くことはなかった。手代や小僧の仕事だ。

御用の商人は、正門からは出入りしない。裏門へ回った。

ここにも門番所があって、与之助が槙本への面談を願い出た。さして待つこともなく、内側から潜り戸が開かれた。

次郎兵衛は生唾を呑み込んだ。一度胸に手を当ててから、与之助に続いて潜り戸から敷地内に入った。

「これは」

思いがけない者が、姿を見せた。金壺眼の篠塚屋清七だった。向こうは気づいて、頭を下げた。

「ど、どうしてここに」

次郎兵衛は驚きを隠しきれず、かすれた声になったのが自分でも分かった。

「槙本様と、お借りした金子の返済について、打ち合わせをしに来たのですよ。もうすぐですから」

清七はそう言った。そして屋敷から出て行った。次郎兵衛はこれで、清七が室賀家出入りの者だと信じた。

この後、半刻ほども待たされて、槙本と面談をした。

槙本は三十八歳、眼光の鋭い強面（こわもて）の人物だった。睨（にら）まれたら背筋が冷えるぞ、次郎兵衛は思った。しかし、睨まれることはなかった。

こちらが名乗ると、大きく頷いた。すでに話は通っている様子だった。

「その方が保証人になるならば、安んじて用立てられるぞ」

当たりは柔らかい。好意的な口ぶりだ。

「ははっ」

と応じて、今の返答が保証人を承知したと受け取られるのではないかと考えた。

「篠塚屋の代わりに、当家に出入りいたすことになるであろう」

槙本は、次郎兵衛の返答に頷いてから言った。

「何とぞ、よろしくお願い申し上げます」

両手をついて、頭を下げた。

翌日、与之助が借用証文を携えて次郎兵衛の店へやって来た。百五十両の借用証文を見せられた。

「署名の前に、よく読んでいただきましょう」

と言われて、次郎兵衛は文字を追った。

「貸し手は、室賀家の殿様ではありませんね」

「はい。天下のお旗本が、一介の町の者に金を貸すなどあり得ません。そこで槇本様が貸し手になるという証文を拵(こしら)えたのです」

「なるほど」

おかしな話だとは思わなかった。ただ記されている利息については、驚きの声を上げた。

「とんでもない利率ですね」

四月中に返済をすれば、利息は付かない。しかし月が変わるたびに二割の利息が付くという文言になっていた。しかも前月の利息が翌月の元金に付け加えられる。返済が五月になれば、百八十両の借金になるという話だ。

さらに貸し付けるのは最長一年で、それ以上の延滞は行わない。来年の三月末日までに、元利を合わせた金額を返済すると記されてあった。借りた者が返せない場合は、保証人が返済するとの条項もある。

さすがに次郎兵衛も、嫌な気持ちになった。しかし与之助は、あくまでも穏やかに、口元には笑みを浮かべて言った。

「篠塚屋の店舗には、そろそろ買い手がつきます。必ずや四月中での返済となるでしょう。案じることはありませんよ」

「そうでしょうか」

「もちろんですよ。それを案じるくらいならば、御用達になった折にどのような品をお勧めするのか、そちらの方を考えていただきましょう」

次郎兵衛は、差し出された借用証文の保証人の欄に署名をした。

「これで来月からは、室賀家への出入りが叶(かな)いますよ」

与次郎はそう言ってから、署名の入った借用証文を懐に押し込んだ。そして写しを残して、引き上げていった。

二

新川の水面が、初夏の眩しい日差しを跳ね返している。小さな揺れでも、光が弾けてぶつかり合い、輝きが強くなった。真っ直ぐに延びた掘割は、さながら光の帯のようだ。

その輝きを分けて、四斗の酒樽で満杯になった荷船が、武蔵屋の酒蔵前にある船着き場に滑り込んだ。杉の酒樽も、光を浴びている。

「荷が着いたぞ」

「おう」

人足たちの声が響いた。店の前にいた手代の卯吉も、仕入れの帳面を手に、船着き場へ駆け下りた。何人かの小僧が、これに従っている。

樽廻船によって、灘から江戸へ送られてきた下り酒が入荷をした。厚い板が渡され荷降ろしが始まる。樽には灘自慢や剣菱、白雪、白鹿といった銘柄を知らせる印附がなされている。

卯吉は声を上げて数を確かめながら、倉庫に納めさせた。銘柄ごとに、数量に応じて場所を指図する。卯吉にとっては、手慣れた仕事だった。

「灘桜は、とっくに売り切れたようだな」

「ああ。一番人気だったし、武蔵屋だけが手掛けた酒だからな。儲かったんじゃあねえか」

「今は灘自慢だな。これもずいぶん売れているようじゃねえか」

荷運びを済ませた人足たちが話をしている。新春に、新酒番船と呼ばれる西宮から江戸へ新酒を運ぶ競争が行われた。江戸中の評判になる催しだが、灘桜が一番に、灘自慢が二位になった。

灘桜は、武蔵屋の独占仕入れだったので希少価値もあり、大人気になった。瞬く間に売り切れたのである。そして今売れているのが、二番手の灘自慢だった。

ただ武蔵屋が仕入れたのは、そうした名の知れた売れ筋の品だけではない。あまり知られていない新しい酒も交っている。新たな売れ筋商品を探すことにも、問屋としては大事なことで力を注いでいた。

「値の張る下り酒なんてよ、おりゃあ一度しか飲んだことがねえぞ。それも一合だけだ」

武蔵屋では灘桜の評判を煽るために、四斗樽を開けて町の者に試飲をさせた。

「酔っぱらうまで、たらふく飲んでみてえな」

「そりゃあそうだが、夢みてえな話だぜ」

下り酒は高級品だから、誰もが飲めるわけではない。市井の者の多くは、雑味の多い江戸周辺で造られた地廻り酒を飲んだ。

入荷の品を酒蔵に納めると、二番番頭の巳之助の確認を得て卯吉が戸に錠前をかける。これで荷入れの仕事が終わった。

卯吉は武蔵屋の店の前に立つ。

江戸の海に接した霊岸島を南北に分ける新川堀の南河岸にある武蔵屋は、間口が六間半あった。店舗の脇に天井の高い酒蔵がある。

新川堀の河岸は、江戸の海に近く樽廻船による輸送に適しているので、下り酒問屋には都合のいい立地だった。大店老舗が、両岸に櫛比している。

武蔵屋は、その中でも指折りの下り酒問屋といってよかった。先代市郎兵衛と亡くなった大番頭吉之助が采配を揮っていた頃は、年に四万数千樽の商いを行った。

店先の掃除はきっちりとなされ、建物の手入れも行き届いている。今日の荷入れも、活気をもって行われた。樽の杉のにおいが、新しい酒の到着を伝えてくる。

誰が見ても、繁盛する下り酒問屋の大店に見えるが、内情は少し違う。

三年前に先代市郎兵衛が亡くなり、長男だった市太郎が後を継いで父の名を名乗った。その一年後、店を背負っていた大番頭吉之助も後を追うように病を得てなくなってしまった。

店の差配をするのは、新しく主人となった市太郎こと市郎兵衛と先代の女房お丹である。これに一番番頭となった乙兵衛と二番番頭の巳之助が、補佐する形だ。吉之助が亡くなって二年、商い高は一万樽減った。

外から見る分には分からないが、手代として関わっていると、その衰退ぶりは膚で感じた。

卯吉は、先代主人市郎兵衛の三人目の子どもである。ただ女房お丹が生んだのは、今の主人の市太郎と、分家して芝で小売りの店を出している次郎兵衛こと次太郎だけだった。卯吉は妾腹の三男坊である。

卯吉は実母のおるいが亡くなって、十二の歳で父の店に小僧で入った。実父の市郎兵衛が亡くなり、時には支え、時には厳しく商人としての基本を叩き込んでくれた吉之助もこの世の人ではなくなった。

腹違いの二人の兄は店を持つ身になったが、腹違いの三男坊の卯吉は小僧のまま置かれ、ようやく去年の暮れに手代になった。先代の血を引きながら、他の小僧と変わらない待遇を受けていた。

年が明けて十九歳になった。手代になって、店の帳簿に触れる機会も出てきた。商いの様相が、徐々に見えてきたのである。品揃えのために高値の酒に手を出したり、見栄を張って余計な宣伝を行ったりしていた。また代金の取り立ても、充分に行われていなかった。

ただそれでも、培われた武蔵屋の看板があるので、商いはどうにか回っている。ただそのままにしていいとは、思っていなかった。

「おまえは私が死んだあと、武蔵屋を支える番頭になれ。市太郎では心もとない。私の血を分けたおまえだからこそ、店を守ることができる」

亡くなる間際に、父の枕元に呼ばれた。傍には吉之助もいた。このときの言葉が、今もはっきりと耳の奥に残っている。

店に入ると、小売りの主人や料理屋のおかみといった客が、他の手代と商談をしていた。一番番頭の乙兵衛は、奥の帳場格子の内側で算盤を弾いていた。

「ごめんなさいまし」

そこへ四十歳をやや過ぎたとおぼしい羽織姿の男が、旅の商人ふうを伴って姿を見せた。商人ふうは、五合の酒徳利を手にしている。

「これは今津屋さん。お出でなさいまし」

傍にいた卯吉が応じた。今津屋は西宮の船問屋で、樽廻船によって江戸との間で物資の輸送を行っていた。その江戸店の主人が、四十三歳になる東三郎だった。

武蔵屋が灘から仕入れる下り酒のほとんどを、今津屋が請け負っていた。江戸店では、さらに小さな荷船を持って、ご府内や近郊へ荷を運ぶ仕事もしている。

東三郎は、馴染みの取引先の主人といってよかった。一口に下り酒といっても、灘や伊丹だけが酒の産地ではない。上方の他の土地の情報にも詳しかった。

江戸積み酒造仲間として現れる摂泉十二郷酒造仲間は、大坂三郷、伝法、北在、池田、伊丹、尼崎、西宮、兵庫、今津、上灘、下灘、堺の酒造仲間からなる。その各地の酒を、今津屋は運んでいる。その様子を聞くのは、卯吉にとっては商いのためというだけでなく心躍るものがあった。

元禄期に江戸に入津した樽数は、六十四万樽ほどだった。それが時を経て、今では百万樽を越えるようになった。老舗の酒造が改良をしたり、新たな酒造ができてこれまでにない酒を売り出したりすることも少なくない。

東三郎は最新の下り酒の様相を、樽廻船の差配をする中で聞き込んでいた。

「こちらは上灘の大西酒造の番頭の庄助さんです。新酒のご紹介をするために、江戸へ出てきました」

旅姿の三十歳をやや過ぎた男を、東三郎は紹介した。日焼けした顔で低い鼻が横に広がっている。しかし挨拶(あいさつ)をする顔は、新たな酒を売ろうという意欲に満ちたものと受け取れた。

手に持っている五合の酒徳利には、その酒が入っているらしかった。大西酒造という名は耳にしたことがあるが、武蔵屋ではまだ仕入れを行ってはいなかった。規模の小さな酒造のはずだ。

ともあれ上がり框に腰を下ろさせ、小僧に茶を運ばせた。乙兵衛と卯吉が話を聞く。

「大西酒造では、数年前から稲飛(いなとび)という新しい酒を造って、上方で売っていました。初めは名も知られておらず売れてはいなかったのですが、キレがよく飲み飽(あ)きない。水菓子のような香りがあって、深みと軽さを兼ね備えている。まあそういうことで、徐々に評判になりました」

この酒については、前にも東三郎が話していたのを、卯吉は思い出した。

「そこで江戸の方々にも飲んでいただこうと、出てまいりました。ぜひ一口、お試しいただきたく思います」

東三郎の言葉を受けて、庄助が言った。五合徳利を前に押し出した。茶碗には三分の一ほどが注がれた。

そこで小僧に茶碗を持ってこさせて、試飲をすることになった。茶碗には三分の一ほどが注がれた。乙兵衛と卯吉は、まず茶碗を鼻に持って行く。

「なるほど、何とはいえませんが、水菓子を思わせる微かな香りがありますね」

そう告げてから、卯吉は茶碗を口に運んだ。舌の上に載せて、味わいを確かめる。確かにキレがよくて深みと軽さが同時に感じられる品だった。行けそうだなと思いながら乙兵衛に目をやると、まんざらではない表情をしていた。もともと後味がすっきりしているのは灘の酒の特徴だが、何かが微妙に違う。

「稲飛を造るにあたって、手掛けたことは何ですか」

卯吉は問いかけた。

庄助が待っていましたと言わんばかりに、目を輝かせた。

「灘の酒は、伊丹や池田の酒と比べると、後進です。それでも前からの酒造の酒に負けない味わいが出せるのは、水の力です」

「六甲(ろっこう)の水ですね」

名水として、江戸でも知られている。それだけでも大きいが、名水は他の土地にもある。灘の酒造家は、伊丹や池田の酒ではできない精米を行うことができた。

「水車での精米も大きいでしょう」

と卯吉は付け足した。

「そうです。急な流れの川がない土地では、水車による精米はできません。それらの土地では人の足踏みで精米を行うしかありません。ですが水車と人の足では、雲泥の違いがあります」

水車による精米は、米をより多く削ることができる。庄助は嬉しそうに応じ、さらに続けた。

「人の力に頼る伊丹や池田の酒は、精米の歩合が九割ほどです。しかし水車を使う灘では、七割まで精米をすることができます。ですから淡麗な味わいの酒になるわけです」

「……………」

卯吉と乙兵衛は頷いた。

「うちでは、六割五分まで削ります。水菓子のような香りがするのは、そのためです。軽さの中に深みが潜んでいます。飲み飽きず、いくらでも飲めるのです」

「うーん」

悪くはないが、問題は値段だ。いやそれだけではない。江戸では知る人の少ない小さな酒造の品だし、まったくの無名の新しい酒だった。新酒番船にも出ていなかった。銘柄にこだわる江戸者には売りにくい気がした。安く売れれば別だが、下り物である以上はそれは無理だろうと察せられた。

店の手代以上で、試飲をした。評判は悪くなかった。ただ値は、灘自慢とほぼ同じだった。加えて、もう一つ条件があった。

「江戸ではこちらだけで仕入れていただくという形にして、千八百樽は仕入れていただきたくお願いいたします」

と告げられた。江戸への輸送料を合わせると、千両近い仕入れ値となる。ただ灘桜や灘自慢は、順調に売れていた。落ち目とはいえ、武蔵屋が出せない金高ではなかった。

「話が決まれば、五月と六月に半分ずつの荷が届きます。半金を前払いしていただき、最後の荷が届いた翌月の七月中に残金をいただくという段取りになります」

庄助は言った。

「考えておきましょう」

乙兵衛が言った。すぐには決められない。お丹や市郎兵衛に詳細を伝え、試飲をしてもらい、検討をしなくてはならなかった。千両が動く商いである。

東三郎と庄助が引き上げるのを、卯吉は通りまで出て見送った。

「卯吉さんは、よく話を聞いてくださった。できればあなたのような方に、扱っていただきたいものです」

庄助が言った。ろくに話も聞かず、断る店も少なくなかったそうな。それで東三郎を頼り、武蔵屋へ来たのだ。

「卯吉さんならば、気持ちを動かすと思いましたよ」

東三郎が言い足した。

それからお丹と市郎兵衛が加わって、稲飛をどうするか話し合った。詳細は乙兵衛が伝えた。残して行った五合徳利の酒で、試飲もさせた。

「確かに、味は悪くない。でもね、灘桜や灘自慢と同じ値じゃあ手が出にくいんじゃないかね。客たちには、他にも味のいい口に合った酒はあるんだから」

わざわざ小さな酒造の、無名の酒を仕入れる必要はないというのが市郎兵衛の考えだった。稲飛が売れるかどうかは、まったく不明だ。自ら冒険はしたくないのが本音だろう。

「それはそうなんだけれどねえ」

お丹は、仕入れてもよいという気持ちがどこかにあるらしかった。市郎兵衛の言葉に頷かなかった。

仕入れ高も販売高も細っている武蔵屋にしてみれば、安定して仕入れられる銘柄の酒を増やすのは焦眉（しょうび）の急といってよかった。多少売りにくいにしても、味は悪くない。

「どんな酒だって、初めから売れるわけじゃないからね」

と呟いた。

他の者たちは、黙っている。何か言って仕入れることになり、売れなかった場合を考えるからだ。責められてはかなわない。

するとと何を思ったが、お丹が一番後ろにいる卯吉に目を向けた。

「卯吉にやらせてみようか」

と口にしたのである。

「それはいいですね」

応じたのは乙兵衛だった。誰がやるかはともかくとして、仕入れることに反対ではなかったとみえる。

卯吉は仰天したが、嫌なこと面倒なことを告げられたとは感じなかった。お丹の思惑は分からないが、稲飛は、すぐにではないにしても売れる品だと見込んでいる。たいへんだが、やりがいのある仕事だ。

これまでは、ついで仕事や手伝い仕事しかやらされていなかった。そもそも武蔵屋では、灘桜や灘自慢のように黙っていても売れる品は、主人の市郎兵衛が扱った。売りにくい品は、手代に回したのである。卯吉には、それさえ回ってこなかった。

「やらせてください」

と頭を下げた。

するといつもは卯吉などいない者のように扱ってきた市郎兵衛が反応した。

「よかろう。仕入れから売り、支払いまでを任せるとしよう」

卯吉は息を呑んだ。意外な言葉だったからだ。他の奉公人たちも魂消たらしかった。

しかしすぐに、市郎兵衛の魂胆に気がついた。命じたことで、うまくいけば自身の手柄にする。しくじれば卯吉のせいにすることは明らかだった。けれどもそれでも、初めて自分の商いができる。

それは喜びだった。

市郎兵衛は、少しの間を空けてから言葉を続けた。命じるだけで、終わりではなかった。

「もし損失が出たりしくじりがあったりしたら、この店にはいられぬ。その覚悟でやれ」

というものだった。

「自分を追い出すために、役目を与えるのか」

と感じたが、それについてはさして驚いたわけではなかった。父が亡くなったとき、お丹と市郎兵衛は、卯吉を追い出そうとした。大番頭だった吉之助と、父の弟で大伝馬町（おおでんまちょう）で太物屋（ふとものや）を商う大和屋勘十郎（やまとやかんじゅうろう）が、引き留めてくれた。

すでに吉之助はいないが、店にとっても今後の商いにとっても、大きく影響する商いになるのは確かだった。

やろうと決意した。

とはいっても、稲飛に掛かり切りになれるわけではない。他の仕事もやった上でだ。たいへんなのは分かっていた。

第一章　重なる利息

一

稲飛（いなとび）の仕入れが決まって、乙兵衛と卯吉は、江戸に滞在中の大西酒造の番頭庄助を呼んだ。

朝から小糠雨（こぬかあめ）が降っている。少し蒸し暑い一日だった。

「武蔵屋さんが、引き取ってくださると思っていました」

笑みを浮かべた庄助が、卯吉に顔を向けて言った。

「長いお付き合いを、お願いいたします」

「こちらこそ。江戸へ出て来たかいがありました。さらにおいしい酒を造るために、尽力しますよ」

庄助は言い足した。気力に溢れている。

「そのときには、ぜひ声掛けをしてください」

上灘の小さな酒造の番頭の意気込みが、卯吉の気持ちを掻き立てた。長い付き合いをしたいという言葉は、世辞ではなかった。

約定を取り交わした。庄助は、大西酒造主人の署名が入った取引の証文を持ってきていた。これに市郎兵衛も署名を行った。千八百樽の稲飛を仕入れることが、正式に決まったのである。取引の証文は二通あり、武蔵屋と大西酒造が一通ずつ持つことになる。

「では、お納めください」

乙兵衛が、前金の為替手形を庄吉に与えた。庄吉は証文と手形を油紙に包んで、状箱に入れた。

このあたりの手続きについては、乙兵衛が遺漏なく行う。庄助は江戸での販売にあたって、試飲をさせるための四斗の稲飛一樽を持ってきていた。卯吉はそれを引き取って、店の酒蔵に運んだ。

「またお目にかかりましょう」

旅姿の庄助は、上方に向かう今津屋の樽廻船に乗り込む。卯吉は、店の外に出て見ている。もう卯吉には目を向けない。

送った。

「それでは、稲飛をしっかり売ってもらいますよ」

帳場格子の内側にいる乙兵衛が言った。商いの綴(つづ)りを広げて、算盤(そろばん)を入れようとしている。もう卯吉には目を向けない。

乙兵衛は四十五歳で、小僧から武蔵屋に奉公し、先代主人や吉之助に鍛えられた。叩(たた)き上げの番頭として、丁寧(ていねい)で間違いのない仕事をする。目前の小事を処理するのも手早くて的確だった。下り酒商いには精通している。

しかし先々を見越して、大きな商いの糸口を探るについては、戸惑いを見せた。自分で判断することを嫌がり、いつもお丹や市郎兵衛の指図を待つ。

そもそもお丹や市郎兵衛は派手好きで、耳目を引く大きな商いをしたがる。乙兵衛は叩き上げの一番番頭として、お丹や市郎兵衛の思い付きを押さえ誘導できればいいのだが、それができなかった。

これまで武蔵屋では、お丹と市郎兵衛の思い付きで、大量仕入れと派手な販売を行ってきた。卯吉にしてみれば無謀と思われるような商いでも、どうにかなってきた。それは武蔵屋という看板に信頼があったからに他ならないが、豊富な資金を投入できたからでもあった。

けれどもそのために、江戸の各地にあった家作を失った。金をかけたからといって、商いがうまくいくわけではない。

卯吉は稲飛の販売用に拵えた商いの綴りを風呂敷に包んで、武蔵屋を出た。早速、販売に廻る。試飲用の酒を一升徳利に入れて持っていた。酒の味を口で説明しても、埒が明かない。飲ませてみるのが一番だった。

朝から降っていた小糠雨は、いつの間にか止んでいる。空に明るみが出ていた。道は濡れているが、大きな水たまりはなかった。商いを始めた振り売りが、呼び声を上げている。

卯吉がまず足を向けたのは、日本橋大伝馬町にある太物屋大和屋である。自分が受け持つ商いについて、叔父勘十郎に報告をしなければと考えていた。

勘十郎は武蔵屋には残らず、中どころの店だった大和屋へ婿に入った。そしてあれよあれよという間に商い量を増やし、大伝馬町では名の知られた太物の大店にした。商いに関して才覚のある人物だといっていい。

武蔵屋の近い血縁の者として、大きな発言力をもっている。お丹や市郎兵衛も、無視をすることはできなかった。

お丹や二人の兄市郎兵衛と次郎兵衛は、妾腹の卯吉を蛇蝎のごとく嫌っていた。先代市郎兵衛が亡くなったときや、後ろ盾になっていた吉之助が亡くなったときも、お丹らは卯吉を武蔵屋から追い出そうと図った。

これを防いだのが勘十郎だ。さらに昨年末、お丹や兄市郎兵衛に勘十郎は掛け合った。

「卯吉も年が明ければ十九歳になる。武蔵屋の血を引く者が、いつまでも小僧ではあるまい」

と迫ったのである。血筋だけではない。務めた歳月の長さは充分で、顧客の評判も悪くはなかった。手代にせざるを得なかった。

父の女房だったお丹が、裏切った亭主と妾との間にできた子どもを憎む気持ちは分からないではない。しかし卯吉にしてみれば、どうすることもできない事実だった。受け入れるしかない。

そんな卯吉の心を支えているのが、勘十郎だ。武蔵屋を守れと告げた父の遺言は忘れられない。だから何があろうと、武蔵屋を出ることはできない。出てしまったら、自分は何者でもなくなってしまうだろう。

「おや、卯吉さん」

大和屋の敷居を跨ぐと、顔見知りの手代が声を掛けてきた。卯吉はここでは、武蔵屋の一族として扱われる。

奥の部屋へ通され、すぐに勘十郎と会えた。稲飛を仕入れることになった顛末と、その販売を受け持つに至った一切を伝えた。損失が出たりしくじりがあったりしたら、店を出ろと告げられた点にも触れた。

勘十郎は、一つ一つ頷きながら話を聞いた。

「お丹は、もともと商いを広げたいと考えている。ただ市郎兵衛にやらせて、しくじらせるわけにはいかないというのが本音だろう」

これは卯吉が予想したことと同じだった。さらに続けた。

「うまくいけばそれでいいが、いかなければおまえを追い出そうというのも本気だ。そのつもりでかからねばならぬ」

「はい」

「店の者が助けてくれるとは、思うなよ」

とも言い添えた。助けがないのは、いつものことだ。すでに織り込み済みだった。

黙って頷いた。

勘十郎は、一つため息を吐いた。わずかに話すのを躊躇った様子だったが、口を開いた。

「灘桜では、悪意の企みがあって一騒動になった。奪い返したのは市郎兵衛だという形にしたが、力を尽くしたのはおまえだとお丹も市郎兵衛も分かっている。あの母子は、おまえが手柄を立てて武蔵屋の中で力をつけ、客や親類筋に認められるのを怖れているのだ。邪魔立てが、あるかもしれないぞ」

「まさか、武蔵屋の仕事でですか」

そこまではしないだろうという気持ちがあった。

「まあ、気をつけろ」

卯吉の問いかけには答えず、勘十郎はそう言った。自分が店の中で力をつけるのを怖れていると言われたのは、意外だった。

「それで稲飛ですが、試飲をしていただけますか」

依頼をした。飲んでどのような感想を口にするか、聞きたかった。空の茶碗を持ってきてもらい、それに酒を注いだ。

勘十郎は、口に含んだ酒を舌の上で転がした。

「さっぱりした酒だから、好みが分かれるかもしれぬ。しかし私にはうまい。じっくりやれば、売れるのではないか」

茶碗の酒を飲みほして、勘十郎は言った。卯吉はほっとした。

「私の知り合いに三軒ほど小売り酒屋がある。稲飛の仕入れを頼む文を書こう。初仕事のはなむけだ」

勘十郎は店の者に、紙と筆を運ばせた。

書状を持って、まず蔵前（くらまえ）にある小売り酒屋へ行った。間口が五間ある小売りとしては大きな店だった。薦被（こもかぶ）りの酒樽が、店先に並んでいる。

勘十郎の紹介だと告げると、初老の主人が会ってくれた。書状を渡し、稲飛について説明を行った。試飲も喜んでしてくれた。

「いける味ですな」

初めから、好意的だった。ここでは百樽仕入れてくれると言った。

「売れ行きが良ければ、さらに増やしますよ」

とも付け加えた。

叔父のおかげで、幸先は良好だった。

二軒目も三軒目も、気持ちよく応対をしてくれた。丁寧（ていねい）に話を聞き、試飲もしてくれた。二軒目では百四十樽、三軒目では八十樽を仕入れてもらうことになった。しめて三百二十樽である。

そこで次は、武蔵屋の顧客で顔見知りの店へ行った。配達などで、何度も足を運んでいる店だ。番頭とも手代とも顔見知りだ。だから、前の三軒のようにはいかないにしても、それなりの反応をしてくれるだろうと期待していた。

話を聞いてくれた番頭は、試飲も気持ちよくしてくれた。

「うまい酒ですよ」

とは言ってくれたが、引き取るのは五樽だけだった。顔には出さないようにしたが、がっかりしたのは間違いない。

次の店も、武蔵屋とは長い取引をしている相手だった。

「灘桜を十樽入れてくれたら、五樽引き取りましょう」

と言われた。顔には笑みを浮かべていたが、新しい銘柄の無名の酒を相手にはしていなかった。

稲飛を、他の品の付け足しにして売るつもりはなかった。首を横に振った。ここでは一樽も引き取らなかった。

三軒目に行った酒屋は、好意的ではあったが吝かった。

「試しということで、一樽だけいただきましょう」

と告げられた。

さらに三軒の武蔵屋の顧客を廻(まわ)った。そこでは合わせて六樽を仕入れてもらえることになったが、期待した数とは大きな隔たりがあった。

「灘桜や灘自慢(なだじまん)と同じ値ではね」

と言った者もいた。無名の酒としては、高いという意味だ。

勘十郎が口利きをした店を除けば、売れたのは十二樽だけである。売らなければならない稲飛は、千八百樽である。顧客を廻ってもこれしか売れないというのは衝撃だった。

顔見知りで親し気に喋(しゃべ)っても、新規の買いとなると口ぶりが変わる。さすがに門前払いはないが、武蔵屋という看板など、ほとんど役に立たなかった。

「自分の力量が足りないからか、若い手代では信用が足りないのか」

卯吉は表通りに出て、少しの間呆然(ぼうぜん)とした。新商品を売る難しさを、初めて知ったのだった。

二

この日顧客回りができたのは、武蔵屋の客の中のほんの一部だ。すでに夕暮れどきになっている。明日からが本当の商売になると考えて、卯吉は八丁堀に沿った道を霊岸島へ向かって歩いていた。

　蒸し暑さが、少し和らいできている。仕事を終えた道具箱を担った職人や大福帳を手にしたお店者が、すれ違って行った。

　卯吉は、どう稲飛のよさを伝えたらいいのか、思案しながら歩いていた。勘十郎が口利きをしてくれた店以外では、惨憺たる結果といってよかった。

「おい、何をしけた面をしているんだ」

　背後から、いきなり声を掛けられた。誰かと思って振り返ると、箱型の祭壇を背中に背負った、白い狩衣姿の祈禱師だった。歳の頃は三十代半ば、叔父の茂助である。

　亡くなった母おるいの実弟だ。初めて顔を見たときから、諸国を巡る旅をしていた。母が生きていたときには、江戸で半月から一月も過ごした。幼かった卯吉を、甥として可愛がってくれた。

　棒術の達人で、その折々に卯吉にもその技を教えてくれた。卯吉は今でも、早朝に起きてその稽古を続けている。

　諸国を巡るので、土地土地の珍しい話を聞かせてくれた。幼かった卯吉は、それが楽しかった。また各地の酒の情報にも強かった。卯吉が武蔵屋へ入ってからも、ふらっと現れて、新酒や古酒、酒にまつわる出来事などを話してくれた。

実母の縁者だから、お丹や市郎兵衛などは毛嫌いしている。武蔵屋の店には入らず、店の外で、いきなり声を掛けてくるのが常だった。

「まあ。商いで、いろいろと考えることがありましてね」

八丁堀の土手に出て、二人で並んで腰を下ろした。空になった荷船が、艪の音を立てて水面を滑って行った。

卯吉は稲飛を仕入れるに至った経緯と、小売りの店を廻った話をした。

「初めての商いならば、そんなところだろう」

聞き終えた叔父は、売れ行きが良くなかったことについてはさして同情をしてくれなかった。むしろお丹と市郎兵衛の意図を慮った。勘十郎と同じ考えだ。

卯吉は手にしていた一升徳利を、叔父に与えた。まだ半分近く残っている。茂助は無類の酒好きだ。

「どれどれ、味わってみよう」

まず徳利の口に鼻を近付けた。においをかいでから、徳利を傾けた。卯吉はその表情を見詰める。

口に含んだ酒を、初めは舌の上で転がし、それからごくりと呑み込んだ。

「なるほど、においも豊かで爽やかな飲み口だ。うまい酒だぞ」

「それはよかった」

褒められたのは嬉しかった。この酒を仕入れてよかったのか。そういう後悔も、胸の内のどこかにあった。

しかし茂助の感想は、まだ続いた。もう一口、呑み込んだ。

「うむ。これは甘み辛みの強い、濃い味付けの食べ物には向かぬかもしれぬ」

「はあ」

思いがけない言葉だった。

「あっさりしすぎるということですか」

「酒のうま味が、他の濃い味に消されてしまうのではないか」

「それは、あるかもしれません」

否定はできなかった。受け入れるべき点は、受け入れなくてはならない。

「蒲鉾のようなものと合わせて、試飲をさせてはどうか。酒の味が、引き立つのではないか」

この点は、検討の余地がありそうだった。ただつまみで客の気を引くのは、邪道だという気がする。

西国よりも濃い味を好む江戸では、売りにくい。茂助はそう言ったのだと受け取った。試飲して関心を示さなかった者は、そのあたりを踏まえたからか。

茂助とのやり取りで、売り方の工夫が必要だと気づかされた。

「一軒だけ、仕入れをしそうな店を教えてやろう。明日にでも行ってみるがいい」

武蔵屋とは商いのない、芝金杉(かなすぎ)通りにある小売りの店川崎屋(かわさきや)を教えてくれた。叔父は旅を続けるらしい。その場で別れた。

卯吉が店に戻ると、分家の次郎兵衛が訪ねて来ていた。お丹と乙兵衛の三人で話をしていた。

どうせ金をせびりに来たのだろうと、卯吉は考える。挨拶はするが、次郎兵衛に関心は持っていない。

挨拶に対する返答は、いつものようになかった。

困ったことがあると、すぐに頼ってくる。お丹は二人の倅(せがれ)には甘いから、言いなりに金子(きんす)を与えてしまう。それが少なくない金額の場合もあるらしかった。武蔵屋の資金繰りが苦しくなった一因が、そこにもあると卯吉は解釈していた。

他の奉公人も苦々しい気持ちでいるのは間違いないが、口に出して何かを言うことはできない。番頭の乙兵衛や巳之助にしても同様だ。

お丹が何か言っている。いつもよりも声が大きいので、仕入帳の整理をしていると嫌でも耳に入ってきた。

「分家もどうなることかと案じたけれども、いよいよ波に乗ってきた様子だねえ」

機嫌のいい口ぶりだ。乙兵衛に話しているのだが、他の奉公人にも聞かせている気配だった。

「ええ。おっかさんには世話になりましたが、私なりに精いっぱいやっていますよ」

次郎兵衛は胸を張った。

何があったのかと、卯吉は耳を澄ませた。乙兵衛とのやり取りから、芝の分家の武蔵屋が、近く大身旗本家の御用達になるという話だと知った。

「室賀家は、お大名や他の大身旗本家にも縁戚が多いですから、商いの幅が広がります。店の格も上がります」

「願ったり叶ったりじゃないか」

お丹が応じる。乙兵衛も頷いていた。

本家の武蔵屋は、すでに大名家や大身旗本家の御用達を受けている。しかし分家は、そういった御大身からの御用を引き受けていなかった。手蔓もないし、そのための尽力をしているようにも見えない。

お丹は金をたかりにくるばかりだった次郎兵衛が、旗本家に繋（つな）がりを持ったことを喜び満足している。

「どうしてまた、そういうご縁ができたのでしょうか」

乙兵衛が尋ねた。あからさまにはできないが、半信半疑といったところだろう。

「いろいろとね。日頃から、人との付き合いは無駄にはしていませんよ」

偉そうな物言いだった。具体的なことは口にしない。

「そうですよ。そうでなくてはいけません」

お丹が、卯吉には絶対向けない優し気な笑顔を息子に向けた。御用達になるというだけで、他は頭から飛んでしまったのかもしれない。

「それで、いつはっきりしますんで」

「遅くとも、月が変わって五月になってからになるだろうね」

乙兵衛の問いかけに、次郎兵衛が応じた。このとき一瞬、不安げな眼差（まなざ）しを見せた。卯吉はたまたま目をやっていた。

「いや、楽しみですね。ご先代様も、草葉の陰で喜んでおいででしょう」

乙兵衛は、ご機嫌取りに終始した。金の無心ではないので、ほっとしているのだ。

分家の商いが軌道に乗るのならば、それは武蔵屋にとって喜ばしい話だった。

さんざん偉そうな話をしてから、次郎兵衛は引き上げていった。

「他の者も次郎兵衛を見習って、しっかり商いに励んでもらいたいものだよ」

倅を見送ってからお丹は、居合わせた奉公人たちに言った。その中には、卯吉も含まれているはずだ。

「稲飛の件ですが」

卯吉は、乙兵衛に一日の報告をした。できればお丹にも聞いてほしかったが、関心は示さなかった。すぐに奥の部屋へ引き上げていった。

三

翌日卯吉は、朝の内には来客への応対を行い、その後で茂助に教えられた芝金杉通り二丁目にある小売り酒屋川崎屋へ向かった。試飲用の五合徳利を持ってだ。

武蔵屋分家を通り越した先にある。

卯吉は立ち止まりはしなかったが、店の様子をうかがう。用事がなければ、足を踏み入れることのない店だった。

店舗の間口は五間ある。本家のような重厚さに欠ける建物ではあるが、みすぼらしいものではなかった。どうせ出店するならと、お丹は見栄を張った。二年前は、まだ資金も潤沢にあった。

各種の薦被りの酒樽が並んでいる。本店から回される品だから、灘自慢など人気の銘柄が多い。もちろん貸徳利で、五合や一升の酒も売る。

四斗の酒樽で買うのは料理屋や大店、職人の親方といったあたりで、市井の者はそんな買い方をしない。二合から二升くらいまでの店の屋号の入った貸徳利に酒を入れてもらって買う。

店の奥、帳場格子の内側で白髪の番頭竹之助が商いの綴りを見ながら算盤を入れていた。確かな帳付けをするので、次郎兵衛が分家をするときに本店から一緒についてきた。

隠居の予定だったが、吉之助がわざわざつけたのである。

客の対応をしているのは、手代の丑松だった。卯吉よりも二つ年上で、これも吉之助に命じられて、分家に移った。取り立てて親しかったわけではないが、苛められた記憶はなかった。

それまでは、卯吉とも同じ釜の飯を食べていた。分家には他に、数人の小僧がいる。

次郎兵衛には女房お蔦がいたが、京橋にある大店の呉服屋の我がまま娘で、祝言を挙げて一年足らずで離縁となった。身勝手で遊び好きの次郎兵衛とは合うわけもなく、子どももできなかった。

先代の死後、お丹が店の格だけでまとめた縁談だった。

分家に変わった様子はうかがえなかった。そのまま金杉橋を渡って、金杉通り二丁目に出た。

教えられた店は、かつて商いがうまくいかない店だった。茂助が祈禱をしたことで、以後は繁盛したという。

叔父の祈禱も、役に立つことがあるらしい。

「新川河岸の武蔵屋から来ました」

出てきた若旦那ふうに伝えると、追い返すことはしなかった。

「武蔵屋さんならば、存じていますよ」

やや硬い表情で言った。いきなり何の用だ、という顔つきだ。

「稲飛という上灘の新しい酒が手に入りましてね、お勧めに上がりました。私は祈禱師茂助の甥で卯吉と申します」

「ほう。茂助さんの」

相手の表情が変わった。上がり框に腰を下ろすように言われた。若旦那ふうは、奥へ行って父親と見える初老の主人を連れてきた。

卯吉は稲飛の特徴を伝えた。

「濃い味の料理には不向きですが、酒の味わいは灘桜にも負けません」

二人に試飲をしてもらった。もちろん値段についても触れている。

「なるほど、爽やかでキレのよい味わいですね。濃い味わいの煮つけには合わないかもしれません」

「そうだな。しかし白身魚の刺身や、山菜のおひたしには合いそうだぞ」

「確かに、そうかもしれません。料理ではなく、酒を楽しみたい人向きの酒ではないでしょうか」

父子は話し合った。

そして主人は、卯吉に顔を向けた。こちらが若い手代であっても、上からの物言いではなかった。

「よい味わいです。売り方に気を配れば、行けるでしょう。また茂助殿がお勧めくださったのならば、さらなる良運の瑞兆かもしれません」

この言葉に、若旦那も頷いた。二人とも、試飲の味も気に入ったらしかった。

「では、引き取っていただけますか」

「はい。二百樽いただきます」

「そ、それはありがたい」

これまでのどこよりも、多い数だった。茂助の口利きがあるにしても、主人も若旦那も、稲飛の味を踏まえた上での注文なので嬉しかった。

「売れ行き次第では、来年もお願いいたします」

と若旦那が付け足した。

これで五百三十二樽の売れ行きが決まった。ただここまでは、二人の叔父の力添えがあったのが大きい。これからは、自分の力で売らなくてはならなかった。

卯吉は芝口橋(しばぐちばし)に至る幅広の道を北へ歩く。左手には、増上寺(ぞうじょうじ)の新緑が正午近い眩(まぶ)しい日差しを受けていた。

「おや」

芝神明町(しんめいちょう)まで戻ったところで、道端に立つ若いお店者の姿が目に飛び込んできた。分家の手代丑松だった。一軒の小売酒屋を真剣な眼差しで見詰めていた。

篠塚屋という店だ。卯吉がすぐ近くにいるのに気がつかない。

「何をしているんですか」

嫌なやつだと思っていたら、声掛けなどしない。また昨日次郎兵衛が本家へ来て、思いがけない話をしていった。それもあって、素通りできなかった。

「おお。何だ、おまえか」

声かけられた瞬間は驚いたらしかったが、卯吉だと分かると緊張がとけた顔になった。

「うちの旦那が、どうもおかしなことを始めたらしい」

苦々しい顔になって言った。

「旗本室賀家の、御用達になる件ですね」

昨日、次郎兵衛が本店に来て話して行ったと伝えた。

「いいところだけを、伝えに行ったわけだな」

嘲笑うように言った。そのまま付け足した。

「表向きは上手い話だがな、どうも胡散臭い」

うんざりした口調だった。丑松と親しく口を利いたことはないが、次郎兵衛については、批判的な眼差しで見ている様子だった。

「どういう話ですか」

と問うと、丑松はそれまで見ていた篠塚屋を指さした。

「あの店を見て、どう思うか」

「そうですね。品薄で、繁盛しているようには見えませんか」

武蔵屋分家とは、比べ物にならないくらい貧相だ。掃除も行き届いていないし、店を覗いても、客はもちろん誰の姿もなかった。

表通りの店のなかで、そこだけがくすんでいる。

「大身旗本家の御用達になるには、あの店の借金の保証人にならなくてはならないらしい」

金高は分からない。次郎兵衛が番頭の竹之助に話しているのを、盗み聞いたのである。

「あの店の土地と建物を売って金が入るまでの繋ぎに、篠塚屋は室賀家から借りる。これまでは室賀家の御用達だったが、店をたたむとなれば、もう御用は足せない」

「そこで篠塚屋の代わりに、武蔵屋の分家を入れようという話ですね」

「まあ、そういうことだ」

借金の多寡にもよるが、保証人になるとなれば穏やかではない。

「いったいどこから入ったんですか。その話は」

次郎兵衛は、そのあたりをぼかしていた。しかし大事なことだった。

「浜松町三丁目で畳表や布縁、蚊帳を商う大文字屋という店の主人で、与之助なる者だ」

日本橋通町に本店の店がある分家だという。商う品は異なるが、丁目は違っても同じ浜松町内で次郎兵衛とは歳も近い。芝に店を出したときに、町の旦那衆の一人として知り合った。それ以来の付き合いだ。

「大文字屋の分家は、畳関わりで室賀家の御用達になっているそうだ」

「そうですか」

店の外見をうかがう限りでは、大身旗本家の御用達には見えない。卯吉はそこが引っ掛かった。

「表通りの店だからな、売るとなればそれなりの金子にはなるだろう。それで返せるならば、保証人としては、署名をするだけの話だ。しかしな、それだけで大身旗本家の御用達になれるなんて、話がうますぎるとは思わないか」

と言われれば、もっともだった。

「次郎兵衛さんは、話を聞いただけで署名をしたのですか」

実兄であっても、兄とは呼ばない。「さん」をつけて名を呼んだ。

「いや、駿河台（するがだい）にある室賀家の屋敷まで行って、槙本とかいう用人と会ってきたらしい」

「どんな話をしたのでしょう」

そこが肝心だ。

「知らねえな、そこまでは」

聞き取れなかったか、竹之助にも話さなかったかのどちらかだ。

「御用達にすると言われてその気になったが、世間知らずで苦労もしていないからな。怪しいと思って、小僧に見張らせていたんだ。そうしたら与之助がここへ来たというので、様子を見に来たわけだ」

丑松がここにいたわけに得心がいった。

次郎兵衛は大きな損失を被れば、必ずお丹のところへ泣きついてくる。それは本店にしてみても厄介（やっかい）な話だった。

「おお、出てきたぞ」

二十代後半とおぼしい歳の旦那ふうが、篠塚屋から出てきた。

「あれが、今話したばかりの与之助だ」

丑松が、通りを歩いて行く旦那ふうを指さした。芝口橋方面に歩いて行く。大文字屋分家のある方向とは逆だった。
「つけてみるぞ」
丑松はそう言って歩き始めた。卯吉は放っておけない気がして、横に並んだ。
与之助は迷いのない足取りで、進んでゆく。芝口橋を越えて、京橋へ向かってい
た。歩きながら、卯吉は尋ねた。
「この件について、番頭の竹之助さんはどう言っているのですか」
借金の保証人になるのは、簡単なことではない。番頭である竹之助をよそに置いて
進めるとは思えなかった。
「あれは、駄目だ。本店にいた頃は、少しは骨のある番頭だと思ったが、今はまるで
だめだね。ちゃんとやるのは帳付けだけだ」
「老いたのですか」
「だろうな。胃の腑の調子がよくないらしい。面倒なことを避けるようになった。給
金さえもらえればいいってえ感じだ」
「では意見はしないわけですね」
「しないね。旦那も一度言い出したら、引かない口だ。やり合うのも面倒なんじゃね
えか」

頼りにならないと知れた。

それきり言葉が途切れて、しばらく歩いた。京橋を北に渡ってさらに進んだ。丑松はその間、何か考えている様子だった。

そしてぼそりと漏らした。

「あんな店、いつだってやめてやるんだが……」

今の丑松の気持ちが、伝わってくる言葉だった。

本店にいたとき、手代としてはやり手と認められた存在だった。きびきびとした指図は、いつも的を射ていた。

聞いた話ではあるが、丑松は吉之助から「分家を守れ」と告げられて移ったはずである。次郎兵衛の片腕として働くことを嘱望された。

しかしそういう状況にはなっていない。次郎兵衛に愛想を尽かしている気配だった。

「商いは、よくないようですね」

「あたりまえだ。仕入れ過ぎた品を、安値で売る。場当たりな商いばかりだから、金繰りは四苦八苦だ。本店の助けがなければ、とっくに潰れているところだ」

これは卯吉も、推量したことがあった。

与之助は日本橋も渡った。神田の町を過ぎて、武家屋敷に入った。駿河台である。ご大身とおぼしい大名屋敷の裏口に回った。

躊躇う気配もなく、門番に声を掛けた。しばらく待たされたところで、潜り戸が内側から開かれた。敷地の中に入っていったのである。

そこで二人は、近くの辻番小屋へ行き、誰の屋敷なのか尋ねた。

「大御番頭の室賀様のお屋敷だ」

との言葉が返ってきた。

「そうか」

丑松は腕組みをして考え込んだ。次郎兵衛の話は、まんざら根も葉もないものではなさそうだった。

四

数日後、卯吉は稲飛が江戸へ着く日にちの確認のために、北新堀町にある今津屋へ向かった。霊岸島とは、新堀川を隔てた対岸の町である。

今津屋はご府内の輸送も請け負うので、建物の前には船着き場があった。船頭や水手の出入りが、少なからずある。輸送の依頼をしに、商家の番頭や手代も訪ねてきた。上方からの樽廻船の打ち合わせにやってくる者もいた。

稲飛の売り先は、まだ充分に確保されていないが、それでも受け入れに遺漏があってはならない。

今津屋へ行くとき、卯吉の胸はときめいてくる。商いのために訪れるのだと我が身に言い聞かせるが、どうにもならない。誰にも言えない気持ちだった。

今津屋には、東三郎の娘お結衣がいる。一つ下の十八だ。気持ちを伝えてはいないが、会えば眩しかった。卯吉は取引先の奉公人であると同時に、危ない目に遭ったお結衣を助けたことがある。だから無下には扱われない。笑顔を見ると、ほっとする。

それだけで卯吉は、満足だった。

新堀川に架かる湊橋を北へ渡ると、川に沿った道があってそのあたり一帯が北新堀町だ。ここへ来ると、今津屋の建物や船着き場が見えてくる。

「あれ」

今津屋から、お結衣が出てきた。どこかへ出かけるらしい。河岸道にいた船頭が頭を下げた。永代橋方面へ歩いて行く。

「なあんだ、行っても留守なのか」

と気の抜けた気持ちになった。

その後ろ姿に目をやっていると、町の路地から若い男が姿を現した。遊び人といった気配の、どこか崩れた着物の着方をしていた。ちらと見えた顔に、見覚えがあった。

今津屋を見張っていたらしく、お結衣の後をつけて行く。卯吉はどきりとした。

宗次という男で、深川の小料理屋で板前の見習をしている者だ。お結衣はかつて好いていた。しかし悪い男で、その正体が明らかになって離れた。

宗次には、どこかの料理屋へ婿に入る話が決まっていた。それでもお結衣と付き合っていた。そして別れ話を告げた後、悪仲間たちにお結衣をおもちゃにさせようとした。売り飛ばそうという腹が、あったかもしれない。

その場を助けたのが、卯吉だった。

お結衣はそれで、宗次とはすっぱり関わりを絶ったはずだった。にもかかわらず宗次が今津屋を見張り、お結衣の後をつけるのは、ただごととは考えられなかった。

卯吉はお結衣の危機を救ったわけだから、好意的な態度を取られている。しかしそれは、恋情ではなかった。

お結衣に対する気持ちは、まったくの片思いといってよかった。

今津屋への用はあるが、そのままにはできない。卯吉は、お結衣とそれをつける宗次の後に続いた。

お結衣は永代橋を渡るのかと考えたがそうではなかった。新堀川の大川際に架かる豊海(とよみ)橋を南に渡った。霊岸島に入ったのである。

人通りがここで少なくなった。宗次はお結衣に近づき、声を掛けた。

下手に出た態度で、笑みを浮かべて何か言っている。話の中身は聞こえない。二人は立ち止まった。卯吉は話をする近くまで行って、天水桶(てんすいおけ)の陰に身を寄せた。

耳をそばだてた。

お結衣は顔を強張(こわば)らせている。しかし声を上げるでもなく、逃げ出すわけでもなく、宗次の話に耳を傾けていた。

「いろいろあってね、料理屋への婿入りの話はなくなった。また兄貴のところで、修業をし直すことになったんだ」

「あんなやくざ者みたいなのと付き合っていたら、破談にだって何だって、なりますよ」

お結衣の反応は、冷ややかだった。その言葉を聞く限り、前のような気持ちがないのは明らかだ。

しかし宗次は怯（ひる）まない。

「おれは、おまえのことが、忘れられなくてよ。ひでえことをしちまった。本当に済まねえ。あいつらとは、今はすっかり手を切ったんだ」

「…………」

お結衣は無言で見つめ返した。眼差しは、「何を今さら」と告げている。

しかし宗次はしぶとかった。

「こんなところで立ち話も何だ。ちょっとばかり、静かなところへ行って話をしようじゃねえか」

「だめですよ。私は用があるんですから。それにもう、宗次さんとする話なんてありません」

お結衣は歩き出そうとした。宗次はその腕を摑（つか）んだ。そのまま引いて、表通りから路地に連れて行こうとした。大川の土手があるだけの人の通らない場所だ。

「やめて」

お結衣は抗（あらが）うが、女の力ではどうにもならない。

ここで卯吉が駆け寄った。我慢していたが、もう堪（こら）えることはできなかった。

「やめろっ、嫌がっている」

怒りのこもった声で、卯吉は言った。勝手な真似はさせないぞ、という気持ちになっている。

「おや、てめえは」

卯吉の顔を、知っているらしかった。お結衣をおもちゃにしようとしたやくざ者たちを、卯吉は追い払った。その様子を、どこかから見ていたのかもしれない。

宗次はお結衣の腕を離すと、身構えた。邪魔立てをされて、腹を立てたのかもしれない。懐に手を突っ込むと、匕首を抜き出した。こちらは素手だ。前は竹竿があったが、今は何もない。

「この野郎」

匕首の切っ先が突き出されてきた。勢いのある一撃だった。身を斜めにして、卯吉はかろうじて刃先を躱した。腕を掴もうとしたが、引きが早くてできなかった。

喧嘩慣れをしている様子だ。

一瞬も動きが止まらず、次の一撃が突き込まれてきた。卯吉は後ろに下がって凌いだが、反撃に出る好機はなかった。

周囲に棒らしいものはないか、と目を走らせる。しかし何も見当たらない。

その間に、またも宗次は踏み込んできた。腰を落として力を溜め、そこから飛び込んできたのである。気合が入っていたし、向こうも狙いを定めてきていた。こちらの肩先を狙っていた。

卯吉は体を斜めにして前に出る。そのとき体を屈(かが)めて、下から手首を握ろうとした。それを嫌がった相手の刃先が、ぐらついた。卯吉はどうにか一撃を避けたが、袖(そで)を斬られた。二つの体が交差して、改めて向き合う形になった。

「卯吉さん」

ここでお結衣が叫び声を上げた。目を向けると、どこかから竹箒(たけぼうき)を探してきたらしい。それを投げてよこした。

受け取った卯吉は、柄の先を相手に向けた。こうなると、状況が変わる。

「くたばれ」

突き込んできた一撃を、竹箒で払った。間合いを取っている。短い匕首には不利だ。

それでも踏み込んできた宗次だが、その小手を、卯吉は竹箒の柄で打った。手応えのある一撃だ。

匕首が、宙に飛んでいる。あっという間だった。

「覚えていろ」

宗次は捨て台詞を残すと、逃げ出した。豊海橋を北に渡って、永代橋へ向かったのである。

「ありがとうございました」

「いや。こちらこそ、危ないところを助かりました」

卯吉は、竹箒の礼を言ったつもりだった。

「しぶといやつですね」

よりを戻そうとしているのはうかがえたが、腹にどのような企みがあるかは分からない。

「はい。私はもう関わりたくないと思っているんですが」

「初めてですか。こういうことは」

「何日か前にも、つけられました。知らんぷりをしましたが」

今では、厄介な相手になっているらしかった。しかし腕を摑まれても、叫びたてるなどはしなかった。声かけられたときも、すぐには逃げないで話を聞いていた。

断ち切れない微妙な気持ちが、どこかにあるのかもしれなかった。

「しばらくの間は、一人で外に出ない方がよさそうですね」

「はい。そうします」

「東三郎さんには、伝えましたか」

「いえ、まだ……。何とかしますので」

言いたくないらしかった。黙っていてくれという意味だと察した。

「袖が切られていますね。縫いましょう」

急ぎの用ではないというので、二人で今津屋へ行った。繕ってもらってから、東三郎と会った。

「一回目の稲飛九百樽は、今津屋の千石船で西宮を出ました。天候と潮の流れにもよりますが、月が変わってそう間のないころには江戸に着くでしょう」

「それは楽しみですね」

胸が躍った。今のところ、売れ行きが芳しいとは言えない。しかし実際に荷が届けば、状況は変わると考えた。

宗次にまつわる話は、一切出さなかった。お結衣との約束である。

今津屋を出た卯吉は、霊岸島には足を向けなかった。永代橋を東へ渡って深川へ入った。

幅広の馬場通りに出ると、一ノ鳥居が聳え立っているのが見える。たくさんの露店も軒を並べていた。

しかし一ノ鳥居は潜らない。手前の黒江町の小料理屋の前で、卯吉は立ち止まった。軒下に、提灯がぶら下がっている。牡丹という店の名が、枯れた筆致で記されていた。

酒を飲ませる店だから、商いはしていない。卯吉は隣にある古着屋へ入った。店番をしている肥えた女房には、前に話を聞いたことがあった。

「おや、前にも来ましたね」

女房は顔を覚えていた。あらかじめ用意していた銭の入ったおひねりを与えて、問いかけをした。

「ええ、宗次さんの縁談は壊れたようですよ。あんな破落戸みたいなのと付き合っているのを知られたら、まとまる話も壊れますよ」

当然だという顔で、女房は言った。

「今はどうしているんですか」

「店で顔を見ることはありませんね。自棄になって、悪仲間とあちこちふらついているっていう噂は聞きますけど」

「兄で牡丹の主人は、何も言わないのですか」

「言っても聞かないんじゃないですか。帰ってくるなと言ったとか言わないとか」

近所の者で、住まいを知っている者はいないという話だった。

五

五月になった。梅雨空になって、鬱陶しい雨の季節になった。昨日も今日も、傘を手放せない。ざあざあ降りではなく、小糠雨だ。

卯吉は試飲用の一升徳利を手にして、小売り酒屋や小料理屋、居酒屋などを廻っている。どうにか、六百五十樽まで売り先が決まった。

屋台で酒を飲ませる店にも声掛けをしたが、ここは駄目だった。

「値の張る下り物の酒なんて、うちに置いたって売れませんよ」

とあしらわれた。

しかし一度は断られても、他の用で出向いたときに「試しにもらおうか」と言われることが何度かあった。試飲した味が、舌に残っているらしかった。

手間はかかっても、いい酒ならば必ず売れる。勘十郎や茂助の励ましが、脳裏に蘇った。

試飲用の稲飛については、四斗樽一つを大西酒造の庄助から預かっている。まだ三分の二くらいは残っている。けちなことはせず、せっせと飲ませた。

その樽は、店裏にある酒蔵に入れている。酒薦（さかごも）に銘柄が印附（いんふ）されているから、店の者が間違えることはない。

けれどもこの日、卯吉が酒蔵へ行くと見当たらなかった。

「馬鹿な」

狐（きつね）につままれた気持ちだった。昨夜酒蔵を確かめたときは、確かにあった。夜間には、錠前がかけられている。

「稲飛の樽を知らないか」

まず小僧に問いかけた。錠前はすでに開けられていて、卯吉よりも先に蔵に入った者はいるはずだった。

「さあ」

首を傾げた。そこで手代にも尋ねた。

「おまえが、どこかに移したのではないか」

と嘲笑（あざわら）うように言う者もあった。

他の酒樽を出すために、誰かが移動させて見えなくなっただけかもしれない。そう考えて、蔵内をくまなく探した。それでもどこにもなかった。

中身の入った四斗樽を動かすのは、手間がかかるものだ。蔵から持ち出されたのは確かだから、誰も目にしなかったということはあり得ない。店の者の仕業だ。敷地内の他の酒蔵も検めた。

「やられたな」

呟きが出た。

稲飛の売れ行きはまだまだだが、どうにもならないところまではいっていない。しかし試飲をさせられなければ、売ろうにも売れない。吉之助でもあれば信用だけで買い手がつくかもしれないが、卯吉では無理だ。

武蔵屋の看板も、二、三年ほど前から効き目がなくなっている。

「しくじらせようと図っている者がいるぞ」

勘十郎が、それらしいことを言っていた。本当に邪魔をする者が現れたのである。

「くそっ」

腹立ちはあるが、それよりも大きいのは、稲飛を売れなくなるという恐怖だった。

このままでは、半分以上を売り残す。

隠した者、あるいはそれを命じた者がいる。断定はできないが、命じた者の見当はついた。市郎兵衛あたりではないか。他には考えられない。ただ証拠がなくては、問いかけるわけにもいかなかった。

「武蔵屋の中で、自分は独りぼっちだ」

と感じるのは、こういうときだ。共に捜そうとしてくれる者は、ただの一人もいなかった。

とはいえ、拗ねていても始まらない。気持ちを抑えて、行方を考えてみた。どこかへ流せばにおいが出る。しかし周辺に、大量の酒を流した痕跡などどこにもなかった。また酒問屋の奉公人ならば、酒を捨ててしまうなど、性根が腐った者でない限りとてもできない。

自分に意地悪な者はいても、武蔵屋にそこまでの奉公人がいるとは思えなかった。

ともあれ、捜すべきところはすべて当たってしまった。米蔵の前で途方に暮れていると、兄嫁の小菊が傍へ寄ってきた。

「母屋の裏にある長屋を検めましたか」

それだけ言って、離れて行った。小僧は店の屋根裏にある部屋で枕を並べて寝る。だが手代になると、裏手にある九尺二間の棟割長屋に一部屋を与えられた。

つい最近、手代の一人が亡くなって、その住まいが空いていた。酒樽を隠すのには近くて、もってこいの場所だった。卯吉も並びの部屋で寝起きしているから、かえって頭に浮かばなかった。

朝起きて倉庫へ向かうまでの間に、桑造という先輩の手代に呼ばれて、店の土間で打ち合わせをした。さしたる中身ではないのに、桑造はくどくど話をしていた。その間ならば、酒蔵から出して長屋へ運ぶことはできたはずだった。

慌てて駆け込んだ。もどかしい気持ちで、腰高障子を開けた。

「ああ」

やはりここにあった。隠された腹立ちなどすっ飛んで、胸に浮かんだのは「これで商いができる」という安堵だった。

卯吉は乙兵衛に伝えた上で、元の場所へ戻した。その間、誰もが何事もなかったように振舞っていた。

けれども卯吉は、先ほどのような拗ねた気持ちにはならなかった。耳打ちしてくれた小菊の一言は、武蔵屋の中で、自分は一人きりではないと感じさせてくれた。小菊は市郎兵衛の女房なのだから、もっと目立っていい。しかしお丹の陰に埋もれて目立たない存在だった。

だが考えてみると、これまでもさりげない気遣いをしてくれた。

卯吉は小菊の暮らしぶりについて考えた。市郎兵衛もお丹も、小菊を粗末には扱わない。おたえという六歳になる娘もあった。しかし市郎兵衛は、小菊をいない者のように扱うことが多かった。夜遊びに出て、白粉のにおいをさせて帰ってくるなど珍しくもない。朝帰りをすることもあった。

小菊は二十五歳。美しい人なのに、市郎兵衛の気持ちが卯吉には理解できなかった。

文句一つ口にしないで過ごしている。小菊は、鉄砲洲本湊町の下り酒問屋坂口屋吉右衛門の娘である。坂口屋は年に四万樽を商う大店で、吉右衛門は、先代の市郎兵衛とは昵懇の間柄だった。

小菊は粗末にされないというだけでなく、もっと大事にされてもいい存在だと思われる。

にわかに、小菊のことが気がかりになった。

六

「いったい、篠塚屋はどうなったんだ。与之助さんも、何も言ってこない」

次郎兵衛は呟いた。この数日、何度も同じ言葉を呟いている。五月になって、すでに七日が過ぎた。

からりと晴れる日が少ない梅雨空のもとで、蒸し暑い日が続いている。しかし額や首筋に湧き出る汗は、鬱陶しい気候のせいばかりではなさそうだった。

次郎兵衛は、日に何度か神明町の篠塚屋の様子を見に行く。品薄で人気のない店舗。掃除も満足にできていない。売りに出すしかない店なのは明らかだが、それがどこまで進んでいるのか分からないのがじれったかった。

うまくいけば四月中に、遅くとも五月早々に売れると主人の清七は言っていた。月が変わって、室賀家からの借金には二割の利息が付いた。百五十両が、百八十両になった。払うのは篠塚屋だが、それも他人事とは感じない。

「金はできましたか」

と清七や与之助に問いかけたいところだが、それをすると小心者と見られそうででない。武蔵屋分家の主人として、金にはこだわらず泰然としているように振舞いたかった。

帳場は竹之助が守り、商いでは丑松が動く。店の大きな商いの判断は自分がするが、いざとなればお丹に頼めばいいと思っていた。

しかし今回は、これまでと違う。初めから自分の才覚で事を決めたし、動かす金額も大きかった。利息の額もべらぼうだ。

また大身旗本家の御用達になると、本家へ行って大見得を切ってしまった。少々の不安があっても、訴えに行くわけにはいかない。

持って行き場のない不安と苛立ちで悶々としている。今朝はつまらないことで、竹之助を怒鳴りつけてしまった。

そもそも辛抱することに、慣れてはいなかった。気にはしていないが、前を通ったので立ち寄った、そういう形で訪ねてみることにした。

「ごめんなさいましよ」

大文字屋分家に、与之助を訪ねた。敷居を跨ぐと、藺草のにおいがぷんと鼻を突いてきた。店先には、縁布の見本が並んでいる。

「これは武蔵屋さん」

店の奥にいた与之助が、愛想よく迎えた。

「鬱陶しい日が続きますね。商いはどうですか」

「今年は藺草の出来が今一つでしてね、値が上がっています。やりにくいですねえ」

商いの話から、町内の噂話をした。足袋屋の主人が病で寝込んだことと、蠟燭屋の嫁に赤子が宿ったといった類のものである。篠塚屋の話については、次郎兵衛の方からはしなかった。

　喉元まで問いかけたい言葉が出ていたが、堪えたのである。ただどうでもいい話で長居をするわけにはいかない。腰を上げようとしたところで、ようやく与之助が篠塚屋に関する話を持ち出した。

「そろそろ売れ先が決まるようですよ。値切ろうとする相手と多少揉めたらしいですが、折り合いがついたようです」

「ほう、そうですか。清七さんもほっとしたでしょう」

　胸を撫で下ろしたのは自分だが、それは口にしない。高値でも安値でも、そんなことはどうでもよかった。売れさえすれば、こちらの目当ては達せられる。

「それでは」

　胸のつかえが下りて、次郎兵衛は大文字屋分家の店を出た。

　そして三日後、また気になった次郎兵衛は、篠塚屋の様子を見に行くことにした。店と土地が売れたなら、すぐに知らせてくるべきだと感じている。それを心待ちにしていたが、何の知らせもなかった。

　この日は、五月晴れといっていい青空だった。大通りには、行き交う人が多い。稼ぎ時と考えるのか、屋台店もたくさん出ていた。

次郎兵衛は、それらには目を向けない。神明町へ入る町木戸を潜った。

「おお」

篠塚屋の店を目にして、思わず声が出た。店の戸のすべてが、閉じられていた。軒下に飾られていた薦被りの酒樽もなくなっている。

傍(そば)へ行って様子をうかがった。人の気配を感じない。そこで建物の裏手にも回ってみた。そこも、しんとしているばかりだった。

次郎兵衛の心の臓はばくばくと音を立てている。隣の荒物屋で店番をしていた女房に問いかけた。

「昨日の夜のうちに、出て行きましたよ。慌てた様子でしたね」

すでに奉公人はいない。女房子どもの姿も、しばらく前から見かけなくなっていたと付け足した。

「転居先は、どこですか」

「そんなこと、聞く暇もありませんでしたよ」

「まさか」

借金の保証人になっている自分には、何も伝えてきていない。そこで与之助のもとへ走った。与之助ならば、何か知っているかもしれないと考えた。

「いったいどうしましたか」

息を切らし、慌てふためいた顔をしていたらしい。次郎兵衛の顔を見て、与之助は驚いたように言った。

「篠塚屋の戸が、閉められています。人気がまったくありませんでした」

「ほう。いませんか」

初めて聞く顔をした。しかし驚いた気配はなかった。

「ではじきに、挨拶に見えるでしょう」

あっさりとしていて、重大事とは捉えていない。そして番頭や手代たちに、仕事の指図をした。忙（せわ）しなさそうな様子を見せた。そんなことにはかまっていられない、というようにも受け取れる。

店を出たのは昨夜だから、じきに挨拶に来るというのは、分からないわけではない。とはいえ保証人になっている身としては、穏やかな気持ちにはなれなかった。

「店を出る前に、挨拶に来るべきではないか」

と思うのである。

そこで次郎兵衛は、自身番へ行った。篠塚屋について尋ねたのである。

「ああ清七さんならば、昨夜ここを閉めようとした時に見えましたよ。町を出て行くとおっしゃって」

とりあえずは蔵前の知り合いの家へ行くと告げたそうな。町の名までは言わなかった。いずれ挨拶に来ると話したので、あれこれ問いかけるのは遠慮した。親から引き継いだ店を手放して夜逃げに近い形で町を出て行く。書役も大家も、清七を憐れんだのである。

「それで店は、売れたんですか」

何よりも気にかかることだ。

「いや、売れたというよりも、借金の形になっていて、渡さなくてはならないと聞きましたが」

次郎兵衛の問いかけを、書役は的外れと感じたらしかった。

「相手は、お旗本の室賀様ですね」

ここはっきりさせておかなくてはいけない。書役の口ぶりに、次郎兵衛も話が食い違っていると受け取った。

「いえ、お旗本ではありませんよ。京橋三十間堀二丁目の佐貫屋伊左衛門さんという金貸しだそうで」

「まさか」

我知らず大きな声になった。とんでもない話である。全身が熱くなった。心の臓は、張り裂けそうだった。

書役の話が本当ならば、室賀家の借金はそのまま残ることになる。

佐貫屋へ駆けた。三十間堀に接した町である。金貸しの佐貫屋には、商品を売るための店舗はない。敷地が二百坪くらいの瀟洒（しょうしゃ）な隠居所ふうの建物だった。

「お、畏（おそ）れ入ります」

金貸しの家など、これまで足を踏み入れたことのない次郎兵衛だ。しかし怯（ひる）んではいられなかった。中年の番頭だという男に、篠塚屋清七について尋ねた。

「ええ、貸しましたよ。でも期日までにお返しいただけなかったので、建物はうちで引き取ることになりました」

引き渡しは、昨日済んだとか。そうなるとあの店は、今は佐貫屋の持ち物となる。

「し、信じられない話です。わ、私は、篠塚屋の借金の保証人になっています。店を売って、その金で借り手に返すと聞いていました」

必死の思いで言った。声が上ずったのが、自分でも分かった。

「さて。そのあたりは、うちとは関わりのない話です」

番頭は冷ややかに言った。さっさと帰れと、目が告げていた。

「しょ、証文を見せてくださいまし。こ、こちら様には、ご迷惑はかけませんので」

震え声で言った。

「ふざけるな。そんないわれはねえ」

相手はそれまでとは口調を変えた。腹を立てたらしい。しかし次郎兵衛にしてみれば、それで引くわけにはいかなかった。凄まれても、このままでは帰れない。

「お、お願いいたします」

若い衆が出てきて、腕と肩を摑まれた。しかしそれでも、次郎兵衛は懇願した。物事にここまで本気になったのは初めてだ。

「仕方がねえな」

見せた方が早いと感じたのかもしれない。番頭は奥から証文を持って来た。

次郎兵衛には触らせないが、広げて見せた。記された文字を、食い入るように見つめた。

清七は佐貫屋から、一年前に百五十両を借りていた。返済は一両もされないうちに、期限の日となった。そのときには元利合わせて二百両に近い額になっていた。

署名もあって、見覚えのある清七のものであるのは確かだった。土地は借地で、建物だけが清七の持ち物だと分かった。

「ううっ」

呻(うめ)き声が漏れた。こうなると室賀家からの借金は、すべて保証人である次郎兵衛の負債となる。怒りよりも、一挙にできた高額の借金で頭がいっぱいになった。

佐貫屋の若い衆に腕を取られて、敷地の外へ放り出された。抗う気力もなかった。

五月になって、元利を合わせると百八十両になっている。体が震えた。

第二章　稲飛(いなとび)の入荷

一

　三十間堀の佐貫屋から、芝浜松町(しばはままつちょう)の自分の店(たな)まで、どうやって戻ったか次郎兵衛には思い出せない。気がついたら、店の前に立っていた。

　店に入りたくないが、さりとてどこかへ行きたいわけでもなかった。そんな気持ちのゆとりはなかった。

「お帰りなさいまし」

　敷居を跨(また)ぐと、声がかかった。店の奥に竹之助がいて、何か言った。誰とも話などしたくない気持ちだったが、文を差し出された。

「旦那さんがお出かけになってしばらくしてから、届きました」

差出人を見て、「あっ」と声が出た。篠塚屋清七からである。指先が震えた。慌てて文を広げた。

『金子(きんす)は必ずや作り申し候

今しばらくお待ちいただきたく』

走り書きの文字だ。しかし署名は間違いなく清七のものだった。

与之助はいずれ挨拶(あいさつ)に来るだろうと言ったが、それは来ない。その代わりにこれが来たのだと解釈した。文は町飛脚が運んできたのである。

本来ならば、清七自身が来るべきだ。それを文で済ますのは無礼だが、そのまま姿を消してしまうのと比べれば、ましな対応だと思われた。

微かな救いが、手にした文にある。

「お、奥の部屋で、話をしよう」

おいぼれの話など聞くに及ばないと、いつもは舐(な)めている。だが今日は、藁(わら)をも摑(つか)む気持ちだ。

とはいえ、話の内容を店の者には聞かれたくなかった。

奥の部屋へ行って、二人だけで向かい合った。次郎兵衛は竹之助に、今日一日見聞きした話をすべて伝えた。借金の利率についても話をした。文も読ませた。

「な、何と」

聞いた竹之助は、白髪の睫毛を震わせた。そして算盤を弾いた。

「い、一年返さなかったら、利息が利息を生んで、へ、返済額は、千両を超します」

何度か珠を弾き損ねてから、ようやく数字を出すことができた。顔が青ざめているが、それは自分も同じだろう。

「要はこれから、どうするかだ」

次郎兵衛の問いかけに、竹之助は少しの間呆然とした顔つきになった。それでも、何か考えている気配はあった。

しばらくしてようやく口を開いた。

「清七さんは、わざわざこの文をよこしました。逃げたのではないと思います」

「そ、そうか」

次郎兵衛が求めていた答えだった。これでも清七は、誠意ある対応をしたのかもしれないと、そんな考えが浮かんだ。

「何か、返す手立てがあるのではないでしょうか」

「うむ。そうかもしれないな」

前よりも、気持ちが楽になった。次郎兵衛も竹之助も、自分の都合がいいようにことを捉えた。

「数日、様子を見てはどうでしょうか」

「そうだな、また何かを言ってくるだろう」

清七の、実直そうだった顔つきを思い出した。母のお丹に相談しようと思ったが、清七が何かを言ってくるならば、その後でもよいと判断した。

このままでは、御用達を餌に騙されたお人好しになってしまう。本店や分家を問わず、奉公人たちにそう見られるのは耐えがたかった。とくに卯吉に軽く見られるのはたまらない。

ただそのままにもしておけない。早速、清七の文を手に、次郎兵衛は与之助を訪ねることにした。竹之助と話をして、いく分気持ちが落ち着いた。

与之助に会った次郎兵衛は、さっそく清七からの文を見せた。そして先ほどは思いつかなかった苦情を告げた。

「店がすでに借金の形になっていたなどは、まったく聞いていませんでした」

与之助もそれについては口にしなかった。その不満も伝えたつもりだった。

「いや、そうでしたか。申し訳ありませんでした。知っていたら、保証人になってくれなどとは言いませんでした」

と与之助は頭を下げた。慌てている様子で、どうやら本当に知らなかったのかもしれない。申し訳ないというのも、口先だけではないと感じた。

「清七さんは、どこへ行ったのでしょうね」

気持ちを抑えて言った。

「見当もつきませんが、どこぞへ金策に行ったのではないでしょうか。金子を用立てられる目算があるからこそ、このような文をよこしたのだと思いますが」

与之助の言葉は、竹之助が口にしたのと同じだった。次郎兵衛はその言葉に安堵した。

「追い詰められていたからこそ、清七さんは店がすでに借金の形になっていたことを言えなかったのではないでしょうか。でもあの人は、根っからの悪党ではありませんから、何とかしようとしているんですよ。きっと」

そう告げられると、信じたい気持ちになった。

「もうしばらく、様子を見た方がいいですかね」

他に手立てはない。広い江戸で清七を探すなど、雲を摑むような話だ。

「それが一番です。ただこの件については、室賀家の槙本様には事情をお伝えしておいた方がよいのではないですか」

「そ、それはそうですね。お屋敷へ伺う手筈を取っていただけますか」

こんな用件で室賀屋敷へ向かうのは気が重い。しかし仕方がない。御用達になった折に、こちらが筋道を通す商人だと知らせておくのも大切だろう。

「いや、お屋敷ではない方がいいかもしれませんよ。室賀様にしたら、耳にして愉快な話ではないわけですから」

「では、どうしたらよいでしょうか」

「どこかの料理屋で、一席設けてはいかがですか。これを機に、お近づきになっておくのも悪くないと思いますが。災い転じて福となす、というやつです」

「分かりました。そうしましょう」

転んでもただでは起きない、老練な商人になった気持ちになった。

与之助はその日の内に室賀屋敷へ行って、槙本の都合を聞いてきた。明後日の夕刻からでどうか、との話だった。次郎兵衛に異存はない。

築地にある料理屋を手配した。本店絡みで、何度か行った店だった。

当日、次郎兵衛は少し早めに料理屋へ行って、槙本の到着を待った。四半刻ほどして足音が聞こえ、部屋の前で止まった。

槙本と与之助が、一緒に現れた。座に着いたところで、早速料理を運ぶように命じた。槙本に不機嫌な様子はなく、それで次郎兵衛は少しほっとした。

「篠塚屋が姿を消しても、保証人であるそなたがおれば、こちらとしては問題はない」

まずはそう口にした。清吉が姿を消したことは、すでに与之助から伝えられている。清七がいなくなっても、借用証文は生きているぞと念を押されたのである。

聞いて気持ちのいい言葉ではないが、次郎兵衛は聞き流した。

「それにしても、清七が姿を消したのはけしからぬ」

「まことに」

槙本と与之助は、次郎兵衛に同情する口ぶりだった。

「しかしな。文をよこした以上、逃げたのとは違うぞ」

「そうですね。何か返済の手立てを講じているのでしょう」

与之助は、前と同じようなことを口にした。槙本が、頷いている。

本人がいない以上、実際のところは誰にも分からない。ただ槙本にまで言われると、そうかもしれないとの気持ちは強くなった。誰かが何とかしてくれる、という考え方だ。これまでは、いつもそれで済んできた。この場面では、清七が始末をすべきではないか……。

自分は清七のせいで、迷惑を被っている。

そこへ酒と料理が運ばれてきた。

「ささ、どうぞ」

次郎兵衛が酒を勧めた。灘桜(なださくら)を用意したのである。与之助の盃(さかずき)にも注いだ。

「うまい。これは灘桜だな」

槙本は、味を知っているらしかった。

「そうですね。やはりこの酒はいけます」

与之助が応じた。しばらくは、次郎兵衛が武蔵屋で扱っている酒について話をした。そして槙本は、もとの話題に戻した。

「その方がすぐに返すならば、それでもかまわぬ。しかししばらくは様子を見てもよいのではないか」

「さようで。武蔵屋さんは分限者ですから、二百両足らずの返済ならばすぐにもできるでしょうが、急ぐにはあたりませんよ。返すべきは、清七さんなんですから」

槙本の言葉に、与之助が調子を合わせた。

「そうですねえ」

大身旗本家の用人も与次郎も、自分を大店の主人として扱っている。冷汗はかいているが、つい頷いてしまった。この場に及んでも、次郎兵衛は相手に自分を大きく見せたいという気持ちを残していた。

「向こう一年の間ならば、返すのはいつでもよいぞ」

盃の酒を干しながら、槙本は上機嫌で言った。次郎兵衛はお愛想の笑みを返したが、口に運ぶ酒は苦かった。返済を先に延ばせば、利息も膨らむ。

料理屋には一刻ほどいて、槙本と与之助は引き上げていった。宴席の代金は、次郎兵衛が払った。

二

お結衣に宗次が絡んだ一件があってから、半月近くがたっていた。あれからどうなったか、卯吉は気になった。様子を知りたいと思ったが、あと数日で稲飛が江戸へ到着する。販売に本腰を入れていると、少しの時間でも惜しかった。

武蔵屋と関わりのある店は、すでにあらかた廻った。今は付き合いのない小売り酒屋や煮売り酒屋を訪ねていた。店によっては物乞いを追い払うような態度を取られることもあったが、話を聞き試飲をしてくれる主人や番頭もいた。そしていくつかの店では、注文をくれた。

「あっさりした味わいだが、この爽やかさを気に入る客は必ずいますよ」

と言った店の主人がいた。飛び込みの商いでも、味が良くて値段に得心がいけば、酒は売れる。卯吉はそれを学んだ。

ただ稲富の到着については、状況を聞いておかなくてはならなかった。今津屋へ行って東三郎から話を聞き、そのついでにお結衣の様子を見ておこうと考えた。

船問屋は店を構えてはいても、土間があるだけだ。卯吉が行くと、東三郎は先客と対談中だった。

東三郎の歳は四十三で、二十年ほども前に西宮から江戸へ出てきた。今津屋本店の、主人の縁戚にある者だと聞いている。江戸で所帯を持ちお結衣を得たが、五、六年前に女房を亡くした。今は父娘二人の暮らしをしていた。

とはいえ奉公人もいるし船頭や水手の出入りがあるから、ひっそりとした暮らしとはいえない。

今年の三月、春嵐の折に、酒樽を運んでいた平底船が永代橋の橋桁と杭に挟まって、身動きできなくなったことがあった。船頭は橋桁にしがみ付いて、激流に呑まれる寸前の状態にいた。卯吉はこれを、命懸けで救った。

この折の船頭惣太は、二年前まで今津屋の雇われ船頭をしていたので、東三郎にしてみれば無縁の者ではなかった。今津屋の請負仕事もしていたのである。それで東三郎は、卯吉に対して好意的な関わり方をしてくれていた。

先客が帰ると、東三郎は笑顔で卯吉を迎えた。

「少し前に、荷は下田の湊へ着いたと知らせがありました。明後日には、品川沖に着きますよ。迎えの荷船を用意しました」

東三郎はまず、一番の要件に触れた。西宮を出た千石船は、順調に江戸へ向かっているようだった。

「いよいよですね」

胸が高鳴った。売り先は、何とか八百樽を越えた。発売が始まって評判が出れば、新たな注文も出るだろうと期待をしている。

「今度の船が九百樽で、次の九百樽も来月の六月中には着きますよ」

すでに前金は支払い済みだが、残金及び輸送料の五百両あまりは、七月中に送金しなくてはならない。そういう約定だった。

資金繰りにゆとりのない武蔵屋ではあるが、幸い灘桜は完売し、他の酒の売れ行きも悪くない。今の状態ならば、ぎりぎり支払いができる状態だった。

だからこそたくさん売らなくてはならないと、卯吉は考えている。

「芝二葉町（ふたばちょう）に扇屋（おうぎや）という小売り酒屋があります。そこの主人に稲飛の話をしたら、興味を持った様子でした」

ご府内の輸送を頼まれる、今津屋の顧客だそうな。東三郎は客を紹介してくれたのである。

「ありがとうございます。さっそく行ってみましょう」

気持ちの沸き立つ話ができた。

その後で、居合わせた船頭らと雑談しながら、お結衣が姿を見せるのを待った。現れたところで、声掛けをした。

二人で船庫の裏手へ行った。用件が用件だから、卯吉は弾んだ気持ちにはならない。

「あれから、あの人が何かをしてくることはありませんか」

あの人というだけで、お結衣には伝わる。

「何もありません。でも誰かに見張られている気がすることがあります」

一人での外出は控えていると付け足した。

「宗次さんは、黒江町のお兄さんの店からは出ているそうです」

聞き込んだことを伝えた。それを聞いたお結衣は、悲しそうな顔をした。怒りや侮蔑といった表情ではない。

崩れて行く宗次を、憐れむ気持ちだとうかがえた。お結衣には、親しくしていた船頭の男がいた。宗次は顔こそ似ていないが、持っている雰囲気がその男に似ていると話したことがあった。とはいえ、卯吉には性根の腐った男にしか見えない。あんな男をと思うが、それは口に出さなかった。微かな嫉妬もある。

女の気持ちは複雑で、卯吉にはそのへんが分からない。

いったん武蔵屋へ戻ると、定町廻り同心の田所紋太夫が岡っ引きの寅吉を連れて顔を見せていた。霊岸島と日本橋界隈を町廻り区域にしている三十代後半の男だ。四角張った赤ら顔で、濃い眉が毛虱のように見える。

お丹が相手をしていた。

「何か悶着があったら、すぐにおれのところへ知らせてこい。たちどころに片をつけてやるぞ」

「ええ、頼りにしていますよ。旦那」

お丹は笑顔で受けて、おひねりを田所の袂に落とし込んだ。それには五匁銀が入れられていると、卯吉は知っている。

田所は悶着が起こって知らせても、それが治まってからでなければ姿を現わさない。厄介な揉め事の始末は、手札を与えている土地の岡っ引きに押し付けておしまい。そのくせ事が治まったときの手柄は自分のものにする。そういう人物だ。

お丹も田所の性根は見抜いているが、定町廻り同心であることは間違いない。敵に回しては面倒だから、破格のおひねりを与えていた。

その田所に、手先のように使われているのが、霊岸島を縄張りにする岡っ引きの寅吉だった。霊岸島で生まれ育った者でまだ十九歳。父親が亡くなって、後を継いだ。気は強いが若いので、軽く見られることが少なくない。

金に汚い阿漕な田所を嫌っているが、手札を受けている関係で従わざるを得ない。そういう鬱憤を抱えて、日々を過ごしている。卯吉とは同い歳で、幼馴染みの間柄だった。

春嵐の永代橋で惣太を救った折には、力を合わせた。

先に田所が引き上げたところで、卯吉は寅吉に声を掛けた。

「今津屋のお結衣さんを知っているか」

「新堀川の河岸にある家だからな。あの辺は縄張りのようなものだ」

「実は厄介な男に目をつけられていてね」

卯吉は、宗次に関わるこれまでの出来事を伝えた。気にかけてくれと、頼んだのである。

「何をしでかすか知れないやつだな」

「ああ」

「おめえにすれば、気にかかるところだろう。あの娘に、惚れているからな」

「…………」

図星をさされて、口が利けなかった。自分の気持ちを、寅吉はもちろん誰にであっても話したことはなかった。

頷くことはできないし、違うと言えばもっとからかわれそうな気がした。言葉を呑み込んだ。

「分かった、折々様子を見てみよう」

寅吉は承知をした。そしてにやりと嫌な笑いをして、新川河岸を歩いて行った。

その後卯吉は、芝二葉町に足を向けた。汐留川の南河岸にあたる町だ。目当ては東三郎に教えられた小売り酒屋である。

対岸は京橋の界隈で、川の両河岸にはたくさんの商家が並んでいる。汐留川には、荷を運ぶ船がひっきりなしに行き来をしていた。荷運びの声も、どこかから聞こえる。繁華な河岸といってよかった。

「稲飛でしたら、今津屋さんから話を聞いていました」

中年の店の主人は、好意的に卯吉を招き入れた。料理屋や旗本屋敷などへ酒を納めている。小僧たちはきびきびと動いていて、活気のある店だった。

酒の概要については、すでに東三郎が話しているはずだが、卯吉も改めて説明した。そして持ってきた、試飲用の稲飛を勧めた。

「では、味わってみましょう」

主人はまずにおいをかぎ、それから酒を口に含んだ。すぐには飲み込まず、じっくりと味わった。

「いけそうですね。予想通りの味でした」

満足そうな笑みを浮かべた。五十樽を引き受けようと言ってくれた。

「ありがとうございます」

これで八百五十樽となった。最初の輸送分は、これでおおむねはけたことになる。満足の気持ちで、卯吉は店を出た。

すぐに店に戻ってもよかったが、せっかく芝までやって来た。丑松から聞いた、次郎兵衛が借金の保証人になったという話が、頭の隅にあった。

分家からは、何の知らせもない。どうなったのかと、気になっていた。何事もなく分家が旗本家の御用達になれるならばいいが、そうならば次郎兵衛が鼻高々でやって来るはずだった。

芝口橋(しばぐちばし)の南の橋袂(はしたもと)から、幅広の道を南に向かって歩いた。東海道とも呼ばれるこの道は、途切れなく人や荷車などの通行があった。

まずは神明町(しんめいちょう)で、篠塚屋を覗(のぞ)いてみるつもりだった。

「はて」

店の近くまで行って驚いた。戸が閉められている。賑(にぎ)やかな表通りの中で、そこだけがうらぶれた気配を漂わせていた。

近所で聞いてみた。

「気がついたら、いなくなっていました。あの店、借金の形になっていたとかで。さながら、夜逃げをしたみたいですよ」

これはただごとではない。何よりも、次郎兵衛が借金の保証人になっていることが気がかりだ。

すぐに武蔵屋分家へ急いだ。店の奥には、次郎兵衛の姿があった。どこか窶れた面持ちでぼんやりしている。

卯吉は嫌われているから、用もないのに敷居を跨ぐわけにはいかない。丑松が姿を現すのを待って、店の外へ呼び出した。

「おお」

丑松は、訪れを待っていたかのような顔で近づいてきた。金杉橋の袂まで行って、話を聞いた。

次郎兵衛と竹之助は、奉公人には話を聞かせないようにしていたが、丑松は庭から二人のやり取りを聞いていた。戻って来た次郎兵衛の様子が尋常ではなかったので、庭先へ回ったのだ。

「篠塚屋には、もともと借金があって、店はその形になっていたらしい。室賀家からの借金とは別にな」

すでに店舗は取り上げられた。そして主人の清七は姿を消した。

「では、保証人になった旦那さんは、借金を背負わなければなりませんね」

「そうだ。額は分からないが、あの慌てようだと少ない額ではなさそうだ。二、三十両という額ではないだろう」

「百両にでもなりますか」

だいぶ多めに言ってみた。

「そうかもしれない」

丑松は、真顔で頷いた。とんでもない額だ。丑松は大きなため息を吐いてから続けた。

「清七は店を出た後で、旦那に文をよこした。それにはいずれ金子を用意する、ということが書いてあったらしい」

「今はそれを、待とうとしているわけですか」

卯吉もため息が出た。甘いと思ったからだ。

「清七さんは、来ますかね」

「来るわけがないだろ。そんな金があったら、持って逃げるのが普通だ」

怒った顔で丑松は言った。清七にも、それを真に受けている次郎兵衛や竹之助に対しても腹を立てていた。お丹に泣きつかないのは、清七が現れるのを待っているからに他ならない。

下からの忠告など聞かない次郎兵衛は、話をしても激怒するだけだ。自分がまずいことをしたと思っているならば、なおさらだ。そこも扱いにくいところである。

「暮らしぶりはどうですか」

先ほど見かけた顔は、窶れて見えた。

「おろおろしているし、苛々してもいるぞ」

いずれお丹に泣きつくのは明らかだ。その前に、この借金について調べられることを事前に調べておこうと話し合った。

高額な金子ならば、卯吉にしても他人事ではない。

三

とはいっても、何ができるのか。卯吉は頭を巡らした。

「篠塚屋は、本当に室賀家の御用達だったのでしょうか」

まず頭に浮かんだのはこれだ。大文字屋ならば大店の分家だから、畳関わりで御用達になったとしてもおかしくない。しかし篠塚屋は表通りの店ではあるが、大きな後ろ盾があるとは思えなかった。

「怪しいものだな」

丑松は頷いた。大文字屋の与之助ならば分かるかもしれないが、今の段階で尋ねるわけにはいかない。与之助が篠塚屋の魂胆を知らず、ただ御用達にするという善意だけで保証人を勧めたと考えるのは早計だからだ。

次郎兵衛を初めから嵌めるつもりだったのならば、聞いても正直には言わないだろう。

「室賀屋敷で、確かめてみるか。それが手っ取り早いぞ」

「縁のない者がいきなり行っても、相手にされないのではないですか」

「しかし、他に手立てはないぞ。侍は駄目でも、渡り者の中間あたりならば、銭をやれば喋るんじゃあないか」

「そうですね」

丑松は、本気で事情を知ろうとしている。考えたこともなかったが、傲慢なだけの次郎兵衛の下で働くのは、やりきれないのではないか。お丹や市郎兵衛も武蔵屋の屋台骨を細くしているが、次郎兵衛はそれに輪をかけている。

それでも気持ちを尽くして当たろうとしていた。なぜそこまでするのかは分からないが、丑松の勘を卯吉は信じようと思った。

二人で駿河台へ足を運んだ。室賀屋敷へ二人が来るのは、篠塚屋から出てきた与之助をつけた以来だ。

出入りの商人が使う門は、裏門に限られる。軽輩の家士や中間も、おおむねこちらの門を使った。卯吉と丑松は、裏門へ回った。中間が出てくるのを待ったのである。

武家屋敷の道は、しんとしていて通り過ぎる者もめったにない。風がないと蒸し暑いばかりで、卯吉は額や首筋に浮かぶ汗を手拭(てぬぐ)いで拭った。

「なかなか出てこないな」

丑松はせっかちらしい。半刻もすると、苛々し始めた。呼び出したいところだが、ままならない身としては待つしかなかった。

さらに四半刻ほどして、ようやく潜(くぐ)り戸(ど)が内側から開いた。三十年配の中間が姿を現した。

歩き出したところで、卯吉と丑松は走り寄った。

「お願いいたします。お尋ねしたいことがございます」

と頭を下げながら声を掛けた。しかし中間は一瞥(いちべつ)をよこしたきり、立ち止まりもしなかった。野良犬を追い払うようなまねをしただけだった。

丑松が、素早く二十文を入れたおひねりを握らせた。

「何だ」

それでやっと立ち止まった。

丑松は、余計なことは口にしない。直截に、室賀家の酒の御用達が誰かを尋ねた。

「さて、知らねな」

中間は、あっさりしたものだった。ちゃんと考えた気配はない。それでもおひねりだけは、懐に押し込んだ。

振り向くこともないまま、そのまま行ってしまった。

「くそっ」

丑松は吐き捨てるように言った。おひねりの銭が、無駄になった。

さらに四半刻ほど待った。しかし誰も出てくる気配はない。

「待っているだけでは、埒が明かない」

せっかちな丑松は、痺れを切らせた。表門の門番所で聞こうと言った。それで聞き出せるかどうかは分からないが、このままでは時が過ぎるばかりだった。

門番所の前へ行って、丑松は懐から五匁銀を取り出した。門番の中間を呼び出して、五匁銀を裸のまま与えた。

「当家の、酒の御用達だと」

門番は首を傾げた。知らなければ、今度は奮発した五匁銀が無駄になる。はらはらしていると門番は言った。

「待っておれ」

そのまま奥へ行った。しばらく待たされたところで、戻って来た。

「神田鍛冶町の桔梗屋だ」

と聞いてきてくれた。五匁銀が効いている。いざというとき、銭を惜しんではいけないと卯吉は学んだ。

「篠塚屋ではないので」

もともと篠塚屋でないだろうと踏んでいたが、丑松は念を押した。

「そのような屋号は、聞いたことがないぞ」

門番は答えた。それで卯吉と丑松は、神田鍛冶町へ向かった。日本橋と八つ小路を結ぶ大通りの途中にある町だ。間口五間の、重厚な建物の店だった。ここならば、旗本はおろか大名の御用達を受けていたとしてもおかしいとは感じない。

店先にいた手代に問いかけた。

「ええ。駿河台の室賀様には、うちが下り物の酒を納めています」

「芝の篠塚屋もではありませんか」

「いえ、うちだけです。篠塚屋という店の名は、聞いたこともありません」

きっぱりとした口調だった。これで篠塚屋は、嘘をついていたことが明らかになった。

「金を借りやすくするために、そんな出まかせを口にしたのか」

腹立たしい思いは消えない。手間取りはしたが、半日もかからないでここまでたどり着いた。次郎兵衛がもう少し慎重に動けば、嘘を見抜けたはずだった。分家とはいえ武蔵屋が保証人になれば、金を貸す者はいるだろう。次郎兵衛は丸め込まれたのだ。

こうなるとそのままにはできない。

「せめて番頭の竹之助には、伝えようではないか」

「そうですね。そしてこの度の借金について、分かっていることをすべて話してもらいましょう」

丑松と卯吉は、芝浜松町へ戻った。

店には竹之助がいるだけで、次郎兵衛の姿は見えなかった。じっとしてはいられず、近頃では昼間から酒を飲みに行くと丑松は言った。

ならばかえって都合がよかった。

店に入った二人は、竹之助の前に座った。まずは、たった今、駿河台の室賀屋敷へ行ってきたことを伝えた。

二人の剣幕に押された竹之助は、目をぱちくりさせた。

「篠崎屋は、室賀家の御用達ではありませんでしたよ」

丑松が伝えた。本当の御用達は神田鍛冶町の桔梗屋で、そこにも行ってきたことを付け加えた。

「借金の保証人になっても、室賀屋の御用達にはなれないということです」

卯吉も黙っていられず、口を出した。

竹之助は少しの間目を泳がせてから、がくりと肩を落とした。

「これは店の大事ですからね、すべてを詳しく話してもらわなければなりません。そうでないと、番頭さんがすべての責を負わなくてはならなくなりますよ」

丑松は脅しをかけた。

それでおずおずと、竹之助は口を開いた。

「与之助さんが、この話を持ってやって来た。旦那さんは、篠塚屋の清七さんだけでなく、室賀様のお屋敷まで行って用人の槙本寿三郎様にも会ってきたという話でね」

「では与之助だけでなく、槙本も仲間か」

「まだそこまでは決められないでしょう」

かっかとする丑松を、卯吉はなだめた。

こちらが分かっていることも含めて、竹之助には洗いざらいを話すように求めた。

おおむね、丑松が盗み聞いた内容と重なっていた。

「借りた金高は、いかほどだったのですか」

これは大事なことだ。丑松が問いかけを続けた。

竹之助はわずかに言い淀む気配を見せたが、丑松と卯吉は睨みつけた。

「百両ほどだね」

俯き加減に言った。少なくない金額だから、無念の気持ちがあるのだろうと卯吉は解釈した。

「利息はどれくらいでしたか」

これも答えるのに、やや迷う気配を見せた。しかしここまできたら、隠すわけにもいかないだろう。

「たいしたことはなかった。そのへんの金貸しと、同じようなものだった」

この言葉を、卯吉と丑松は信じた。御用達にはなれないという、この貸し借りの根幹になる部分が謀りだったとはっきりした。その上で、その場しのぎの嘘を口にするとは考えなかったのである。

正しい金高と利息の仕組みを聞いていたら、卯吉も丑松も黙っていなかった。ここまで聞いていても、竹之助はまだ心のどこかで、何とかなると考えていたことになる。

「御用達の件は、完済後に桔梗屋を御用達から外し、うちを入れようとしていたのかもしれない。もうしばらく、口外はしないでもらおうじゃないか」

「しかし」

お伽話（とぎばなし）のようだと思ったが、すでに金は借りている。利息が高利でないならば、しばらく様子を見て、諦（あきら）めさせてからでもいいかもしれないと思えた。

「旦那様は、御用達になる道が閉ざされたとは考えていない。それにこちらが横槍を入れると、かえって意地になります」

次郎兵衛の性分は分かっていた。竹之助の言葉を受け入れることにした。

四

卯吉が新川河岸の店に帰り着く頃には、すっかり暗くなっていた。店の戸は閉められていて、潜（くぐ）り戸から中へ入ると乙兵衛が帳場で算盤を弾いていた。

乙兵衛は四十五歳で、商人としては脂の乗り切った年頃だ。卯吉が武蔵屋へ小僧として入った頃は、先代次郎兵衛や大番頭吉之助の下で、帳簿作りや出納に目を光らせ、家作の管理なども受け持っていた。少しの過ちも見逃さない厳しさを、先代市郎兵衛や吉之助は評価していた。そして下の奉公人たちは、乙兵衛の鋭い眼差しを怖れていた。

ところがお丹や跡を継いだ市郎兵衛の代になって、乙兵衛は変わった。お丹や今の市郎兵衛は、己の思いや考えを優先させる。理を説いても聞かない。

「この店の主人は、私だよ。おまえが決めることじゃあない」

理屈で追い詰められると、お丹や市郎兵衛はこれを口にする。

「気に入らないならば、辞めてもらってもいいんだよ」

とまで言った。これが何度か繰り返されて、乙兵衛はすっかり牙を抜かれてしまった。

自分の考えは口にしない。意見を求められても、お丹や市郎兵衛がどう考えているかを斟酌した上でものを言う。

気骨のある番頭や手代は他にもいた。同じようにやられて、店を出た者もいる。残った者は、おおむねお丹や市郎兵衛の顔色を見ながら動く者ばかりになった。

吉之助が亡くなって二年、盤石だった武蔵屋の屋台骨は、店の中から腐り始めている。

　ただそれでも、乙兵衛は帳付けだけはきちんとやっていた。扱い量が四万数千樽だったときから比べれば、今は一万樽も減った。とはいえ三万樽超の仕入れと販売の量は、大店と呼ばれるのにふさわしい。この総量の中身と、金の流れの詳細をすべて頭に入れているのは、乙兵衛だけだ。

　商いの隅々までが頭に入っていて、金がないと言えば、それは本当にないことになる。この辺はお丹も市郎兵衛も認めていた。

　卯吉は芝二葉町の五十樽について、報告を行った。稲飛の入津の日取りも伝えた。

「はい。分かりましたよ」

　慰労の言葉はない。商いの綴りに屋号と数字を書き入れて終わりだった。

「旦那さんは」

「お出かけだ。今夜は戻らないだろう」

　乙兵衛は、気持ちを顔に出さずに言った。

　市郎兵衛は、吉原に馴染の女がいる。店がかつがつの商いをしていても、通うのをやめない。お丹も強くは言わなかった。

　稲飛の入荷がいよいよ明後日になった。八百五十樽の売り先は決まっているから、入荷してもあらかたはすぐに運び出すことになる。それでもいったんは倉庫に置かなくてはならない。その場所を検めた。

夕食が遅くなったが、仕方がなかった。

倉庫の確認をしているときに、ふと誰かに見張られている気がして振り返った。しかし人の気配はなかった。

一通り済んで、ようやく一日の仕事が終わった。卯吉が台所へ行くと明かりは消えていて、すべての者が食事を終えていた。

明かりをつけて、自分の箱膳を取り出した。腹は減っている。

奉公人の飯は、玄米に麦の交ざったものだ。お櫃に入っていて、各自がよそった。飯の外に汁がついて、香の物が菜となる。小僧はこれだけだが、手代になると焼いた魚や煮物などもう一品がつく。

卯吉は小僧扱いをされていたから、武蔵屋へ入ったときからこの食事だった。手代になって、菜が一品増えたときは嬉しかった。

お櫃の蓋を開ける。

「こりゃあ」

声が出た。一日だ済んで一息ついた気持ちに、冷水をかけられたようだった。飯は、茶碗半分ほども残っていなかった。お櫃の縁にこびりついているのも合わせてだ。

まだ卯吉が食べ終えていないのを承知の上で、他の者が食べてしまったことになる。新たに炊くなどあり得ない。

けれどもここで騒ぎ立てても仕方がない。あるものだけで食べるしかなかった。こういうことは、初めてではなかった。小僧の時にも何度かあった。

小僧の時は銭などないから、買い食いなどできない。三度の飯の時は、他の者に遅れないように気をつけた。

あっけなく、茶碗半分の飯を食べてしまった。するとそこへ誰かが近づいてきた。顔を上げると、それは小菊だった。

「どうぞ」

置いていったのは、白米の握り飯二つだった。米櫃に飯がないことに気づいていて、握ってくれたらしかった。

「ありがとうございます」

背中に声を掛けた。軽く答礼した小菊はすぐに台所から引き上げた。

白米ということは、家族の分だ。市郎兵衛が帰らないと知って、握ってくれたのだ。

手に取って、口に運ぶ。ほのかな塩気があって、頬が落ちそうになるくらいうまかった。白米を口にするなんて、盆と正月くらいのものだ。

こういう気配りを、小菊は目立たないようにする。それは卯吉に対してだけではない。

亭主には相手にされない小菊だが、奉公人たちで軽んじる者はいなかった。


翌朝、小菊は地味ながらいつもとは違う外出着を身につけていた。おたえも派手ではないが余所行きのいで立ちだ。

お丹は小菊に、船橋屋織江の練羊羹を持たせた。

里の父親である坂口屋吉右衛門が、空駕籠を用意して、小菊とおたえを迎えに来た。三人で出かけるのである。

吉右衛門は、おたえの頭を愛おしそうに撫でた。

「ゆっくりして、おいでなさい」

お丹は笑顔を絶やさず、小菊に言った。

「お世話になりますが、よろしくお願いいたします」

吉右衛門には、姑としての挨拶を丁寧にした。向かうのは、深川にある小売り酒屋で、小菊の兄が商う店だ。昨夜は戻らなかった市郎兵衛も、この場には間に合うように戻っていて、義理の父親に当たる大店の主人に頭を下げた。

小菊は吉右衛門の娘として嫁いできたが、実子ではなく養女だった。小菊は実家の仕入れ先である坂口屋へ手伝いに来ていて、武蔵屋の主人になる前の市太郎に見初められた。

腹に子ができた頃には、すでに市太郎は小菊に飽きていたが、吉右衛門は許さなかった。昵懇だった先代市郎兵衛と相談して、坂口屋へ養女としていったん入れ、武蔵屋へ正式に嫁がせた。

「私の目が黒いうちは、小菊に理不尽な真似はさせません」

吉右衛門はそう言っている。小菊を実の娘のように扱った。おたえに対しても同様だ。

坂口屋は下り酒問屋仲間では五指に入る店で、吉右衛門は重鎮といっていい人物だから、お丹としても無下にはできない。小菊は飼い殺しのような形で武蔵屋にいる。とはいえおたえは市郎兵衛の子であることは間違いないから、お丹も可愛がった。

小菊の生まれ育った家は、すでに兄の代になっている。今日は実父の命日で、そのための法事がある。几帳面な吉右衛門は、小菊とおたえに付き添って線香を上げに行くのだ。

小菊は生家にも坂口屋にも居場所はない。武蔵屋にいるしかない身の上といってよかった。

「自分と同じだな」

武蔵屋にいるしかない自分、武蔵屋を出てしまったら何者でもない自分。卯吉は初めて、己の身の上と小菊の身の上を重ねて考えた。

「昨夜は、ありがとうございました」

卯吉は駕籠の前まで行って、小菊に昨夜の礼を口にした。感謝の気持ちを、改めて伝えたかった。

小菊は口元に笑みを浮かべて頷いた。そして吉右衛門が用意した駕籠に乗り込んだ。

五

岡っ引きの寅吉は、卯吉に頼まれたことでもあるし、縄張りに接した町で今津屋関わりの話だから、お結衣と宗次にまつわる一件をそのままにするつもりはなかった。東三郎は、顔見せをすれば、何がしらの銭をくれる町の旦那衆の一人でもある。

　宗次の行方を探ってみることにした。

「婿になり損ねて、やけになっているんだろう。辛抱もできねえやつなら、何をしでかすか分からねえ」

　とも思う。

永代橋を東へ渡った。初夏の日差しが川面を照らして眩しい。荷を積んだ平底船が、橋の下を通り過ぎていった。

　この橋で、春嵐の折に卯吉と船頭の惣太を助けた。あの時の大川は、荒れ狂う激流だった。穏やかな川面に目をやっていると、まったく別の川のように感じられた。

　卯吉の話では、兄が商う黒江町の小料理屋には戻っていないとのことだった。宗次は永代寺門前山本町の矢場へ出入りする甲助というやくざ者と親しくしていたとも聞いた。

　そこで甲助絡みで、宗次の行方や動きを聞き込もうと考えた。

　永代寺門前山本町には、酒を飲ませる店や矢場などの遊戯場、そして女郎屋の並ぶ一角などもあった。参拝客ばかりでなく、火灯し頃になると本所や大川の向こうからも、酒色を求めて老若の男が集ってくる。

寅吉は、幅広の馬場通りから怪しげな小店が並ぶ路地へ足を踏み入れた。まだ日は高く、提灯（ちょうちん）や雪洞（ぼんぼり）に明かりは灯されていないが、酒を飲ませる店は商いを始めていた。女の嬌声が聞こえた。

隠居や遊び疲れた若旦那、やくざ者、仕事にあぶれた日雇いといった風情の者たちが、路地を通り過ぎた。目当ての矢場は、すぐに分かった。地廻りの親分が、子分にやらせているような店だ。

中を覗くと、おもちゃの弓を引いている中年の客がいて、放った矢を化粧の濃い女が拾っていた。矢が的の中心に当たると、女がどどんと太鼓を叩く。

「昼間からいい気なもんだぜ」

と思うが、腹を立てるつもりはない。そういうやつは、どこにでもいる。

寅吉は、宗次や甲助の顔や姿形を知らない。できれば見ておきたいが、今矢場にいるのは、中年の客だけだった。

入口近くにいた女に声を掛けた。

「宗次さんや甲助さんに会いたいんだが、いるかね」

いないと踏んで言っている。いたらかえって面倒だが、そのときはそのときだと腹をくっていた。腰の十手は、懐の奥に隠している。こういうところでは、かえって警戒をさせてしまうこともある。

「いませんよ。三日くらい前に、二人できましたけど」

客ではないと見たらしく、けだるそうな口調で言った。濃い化粧をしているが、若い女ではない。

「どこにいるか、分かるかね」

「さあ。甲助は、いろいろなところに顔出しをしているからね」

それでも二軒の、酒を飲ませる店を教えてもらった。地廻りの親分の賭場にもよく顔を出すらしいが、昼間のうちはやっていない。

「宗次さんも、一緒だな」

「いつもじゃないけど、近頃はよく一緒にいる」

「兄さんのところへは、帰らないのか」

「帰らないというよりも、帰れないらしい。兄さんは怒っていて」

「どうしてかね」

「さあ」

女はとぼけたが、やくざ者との付き合いを許さない、という話だと思われた。

　寅吉は、女から聞いた店を廻ってみることにした。最初の店は、路地にある小料理屋だ。ここでは中年の女中が、店の掃除をしていた。小銭を与えて、問いかけた。

「甲助さんは、このあたりでは兄貴分です。宗次さんや若い衆を連れて、飲みに来ます」

「金回りが、いいんだな」

「まあ、いろいろ入るんじゃないですか」

　どうせ博奕（ばくち）やろくでもない者の用心棒、脅しや強請（ゆすり）といったことで稼いだ銭だろうとは、聞くまでもなかった。

「宗次さんは男前なので、女の人にはもてるようだね」

　聞き出せたのは、その程度のことだった。もう一軒は、表通りの居酒屋である。馬場通りへ出た。

　すると通りかかりの者の言葉が、耳に入った。

「五、六人のやくざ者が、金のありそうな若旦那ふうに絡んでいるぞ」

　というものだった。一ノ鳥居方向に目をやると、人だかりがしている。寅吉はもしやと考えて、駆け寄った。

「おう、ぐずぐずいっているんじゃねえや。おれはいいが、仲間の者たちは気が短けえんだ。ただじゃあ済まねえぞ」

一番年嵩の男が、向かい合って言っている。他にいかにも荒んだ気配の五人の男たちが、若旦那ふうを囲んで睨みつけていた。その中には、役者にしたいような男前も含まれていた。

色白で鼻筋が通っている。端正な面立ちから荒んだ気配が滲み出てくる様は、ぞくっとするような凄みがあった。

若旦那ふうは顔を青ざめさせ、体を震わせている。

「あのやくざ者は、何ものかね」

寅吉は、野次馬の中にいた隠居ふうの老人に問いかけた。

「あれは、このあたりで顔を利かせている甲助っていうやつらですよ。ああいう騒ぎをよく起こしては、小遣い稼ぎをしているんです」

苦々しい顔で言った。老人は若い二枚目が誰かは知らなかったが、宗次に違いなかった。

「すぐに自身番へ行って、知らせてください。人を集めてもらうんです」

「は、はい」

「私は、声を上げます」

止めに入ってもよかったが、それをすると顔を覚えられる。いずれ分かるにしても、もう少し調べてからにしたかった。

だから弥次馬たちの外から声を張り上げた。

「おーい、定町廻りの同心が来るぞ。とっ捕まるぞ」

声を上げている途中で、弥次馬たちがざわめいた。関わり合うのを嫌がって、この場から離れて行く。声と野次馬たちの動きに、甲助らも反応をした。

「定町廻りの旦那。こっちです。こっちです」

寅吉は、最初に叫んだ場所からすぐに動いで、やや離れたところからもう一度叫んだ。そして商家の木看板の陰に隠れた。

「どこだ」

男たちは通りに目をやる。慌てた気配があるのは確かだった。

「くそっ」

吐き捨てるように言って、この場から離れた。若旦那ふうも、反対の方向へ逃げた。

寅吉は、間を空けて甲助らをつけた。顔は分かったが、もう少し様子を見てみたかった。

男たちが入ったのは、矢場の女が教えた、表通りの居酒屋だった。ここは永代寺や富岡八幡宮の参拝客も対象にしているらしく、すでに商いを始めていた。

甲助らに続いて、寅吉は店に入った。

店には数人の客がいるきりだ。六人の男たちは、壁際の板の間に陣取って、酒を注文した。

「もう少しだったのに、惜しいことをしたぜ」

「ああ、あいつの懐は膨らんでいたからな」

男たちの一人が言って、甲助や他の者が頷いた。

寅吉も酒を注文して、少し離れた場所に背を向けて腰を下ろした。置かれた酒は嘗める程度にして、聞き耳を立てている。

「二、三両でもあったら、たらふく飲んで女郎屋へでも行くところだが」

そんな話になった。

「そこへ行くと、宗次はいいな。おめえは女には困らねえだろ」

「ああそうだ。そういえば、あの女はどうした。北新堀町の船問屋の娘は」

お結衣のことを言っている。

「それが、またあの野郎が現れやがった。素手ならばどうということもねえが、棒を手にすると様子が変わる」

「そうだな。おれも前に、痛てえ目に遭わされた」

宗次の言葉に、他の者が応じた。

「売り飛ばすどころじゃなかったわけだな」

これは小声になった。耳をそばだてていたから聞こえた。

「気に入らねえ」

「一泡ふかしてやりてえところだな」

甲助も口を挟んだ。男たちは、ひそひそ声で話を始めた。「酒問屋」とか「千石船」といういくつかの断片は耳に入ったが、あらかたは聞き取ることができなかった。


店の裏手の酒蔵で、卯吉は明日の仕入れのための樽の置き換えを行った。小僧を二人使っても、一刻以上かかった。ようやく終えて店に行くと、先輩の手代桑造が、顧客の相手をしていた。二人とも、卯吉が店に来たことには気づいていない様子だった。

「そろそろ稲飛が入るそうですね。五樽ばかりいただきましょうか」

客が言っていた。前に卯吉は、試飲をさせるためにその客の店にまで、酒徳利を持って足を運んでいた。

仕入れようという気になったらしかった。聞いた桑造は、しかし首を横に振った。

「あれは淡白すぎて、味わいがありません。売れ残しをさせては申しわけありませんね。福泉（ふくせん）ではどうでしょうか」

この酒は、桑造が受け持って売っている。自分の商品を売ろうとしたのだ。

「ううーん、そうですかねえ」

顧客は桑造の言葉で、気持ちが揺らいだらしかった。福泉も味わいのある灘の酒だ。しかしキレのある淡麗な酒ではない。

「ようこそお越しくださいました」

ここで卯吉は、顧客に声を掛けた。挨拶をしたのである。二人が話をしていたことには触れなかった。

「稲飛は、どうですか」

と問われ、明日入荷する予定だと伝えた。最初の船で到着する分については、すでに九割がたの売れ先が決まったと言い添えた。

「そうですか。まずまずの前評判ですね」

「はい」

「ならばやはり、五樽をいただきましょう」

顧客は稲飛を仕入れて、福泉は買わなかった。桑造は、客の前では表情を変えなかった。そのまま引き下がった。

顧客が帰った後、卯吉の傍へ寄ってきた。

「酒蔵の樽を、なぜ勝手に動かした。あれでは、出せなくなる酒が出るじゃあないか」

詰問調で言った。

勝手に動かしたわけではない。乙兵衛に断り、桑造にも伝えてあった。荷出しの可能性がある樽は、手前に残している。しかしそんなことは、分かっていて口にしているのだと察した。

「すぐに直せ。福泉を二十樽、入り口の脇に移すんだ」

告げると、この場から去っていた。移そうが移すまいが、さして明日の仕事には関わらない。それをことさら告げてきたのは、福泉を押しのけて、稲飛が売れたからだと卯吉は察した。

しかし桑造は、お丹や市郎兵衛のお気に入りで、近々番頭に昇格するという話が出ている者だった。やり合っても、卯吉に味方はいない。指図通りにするしかなかった。

二十樽を一人で動かすのは、楽ではない。小僧に手伝わせようと考えたが、一人も姿が見えなかった。

「桑造が、どこかに集めたんだな」

と勘づいた。

前に、試飲用の稲飛が隠されたことがあった。あのとき小僧に命じたのは市郎兵衛か桑造ではないかと思っている。ただ証拠はなかった。

六

稲飛の最初の入荷の日となった。西宮からの入荷は、誰が受け持っていようと、店を挙げて行う。

千石船は大きいから、新川河岸には接岸できない。品川沖に停泊し、今津屋のご府内用の荷船で受け取りに行く。今回は、五、六十石積みの荷船三艘が用意された。

先頭の船には東三郎と卯吉が乗った。灘桜の輸送の時、襲撃を受けた。その経験があるから、各船には膂力のある武蔵屋の小僧と今津屋の水手が乗り込んでいた。卯吉は、五尺の稽古用の樫の棒を用意していた。

千石船から荷を下ろす人足も乗っている。

梅雨のさなかで、いつ降ってきてもおかしくない空模様だったが、かろうじて濡れないまま荷の受け入れができた。江戸の海はご府内の川とは違うから、波も荒い。三艘が一団となってというわけにはいかない。

三艘目の荷船がやや遅れた。

新川河岸の船着き場では、お丹や市郎兵衛、乙兵衛などが迎え入れる。初めの二艘が、続けて着いて、荷下ろしが始まる。

威勢の良い掛け声が、曇天の空に響く。あらかたは酒蔵に運ばれるが、そのまま小売りの店に運ばれる樽もあった。

「今度は、どんな酒だ」

「稲飛という銘柄らしいぞ。武蔵屋が初めて仕入れた酒だそうな」

荷下ろしの様子を見ていた二人の担ない売りが、喋っている。

「下り酒は、あの杉のにおいが、たまらねえなあ」

一人が舌嘗めずりをした。

遠路の海を運ばれてくる下り酒は、杉樽に詰められている。江戸まで運ばれる間に、樽の中で熟成されまろみがつく。杉の香が酒に移る。これを木香といって喜ばれた。杉樽には酒腐れを防ぐ働きがあるといわれていた。

三艘目の荷船が、新川堀に入ってこようとしている。卯吉は堀の土手で、その様子に目をやっていた。手には樫の棒を握っている。

掘割に入りかけたところで、一艘の古い平底船が新たに現れた。その船が、三艘目の荷船の前を塞いだのである。顔に布を巻いた、尻はしょりの男たちが乗っていた。腰には長脇差を差しこんでいる。

鉤縄を投げて、荷船の船端へ引っかけた。船体を寄せて、男たちが乗り込んだ。そのときには皆、長脇差を抜き払っている。

切っ先を突きつけ、船頭や水手たちを脅しにかかった。身ごなしの素早い、喧嘩慣れした者たちだと思われた。

身動きをできなくさせたところで、賊たちは酒樽を運び出そうとし始めた。

「来たな」

卯吉は樫の棒を握りしめて、堀の入り口へ走った。とはいえ、水上での出来事だから船の中へは足を踏み入れられない。

最初の樽が運び出されようとしているとき、同じくらいの大きさの平底船が現れた。これには寅吉と惣太、それに分家の丑松、今津屋の若い衆数人も乗っていた。突棒（つくぼう）や刺股（さすまた）を用意していた。

平底船は、惣太の持ち船だ。

「この盗人（ぬすっと）野郎」

怒声が上がった。叫んだ寅吉が刺股を突き出して、樽を移そうとしていた男の足を払った。樽に気を取られていた男が、いきなりのことで避けられなかった。

「わあっ」

声を上げながら、ざぶりと水に落ちた。

そして寅吉や突棒を手にした丑松、今津屋の若い衆らが荷船に乗り移った。長脇差を振るわれても、寅吉は刺股の扱いに慣れている。

「やっ」

卯吉は、河岸の土手から惣太の船に飛び移った。そして争いに加わった。

「くたばれっ」

賊の方も必死だ。しかし激しい一撃が加えられ、かろうじて避けたが体の均衡を崩した賊の一人は水に落ちた。

こうなると賊たちは、酒樽を奪うどころではなくなる。平底船に移って、逃げようとし始めた。

「そうはさせない」

卯吉も賊が乗ってきた船に移って、逃げてきた男に棒の先を向けた。

「やあっ」

長脇差の切っ先が、こちらの胸を目がけて突き込まれてきた。鋭い一撃だ。しかし足に力が入り過ぎていて、船体がそれで揺れた。

刀身にも、明らかなぶれが現れた。

卯吉は棒の先で刀身を跳ね上げる。揺れる船上だから、足を踏ん張って体の均衡を保っていた。その上で、棒の先を回転させ相手の肘(ひじ)を打った。

「うえっ」

相手は、呻(うめ)き声を上げた。卯吉の手にある樫の棒は、肘の骨が砕けたことを伝えてきた。片膝(かたひざ)をついた男の体が、船底に倒れ込んだ。

「捕えろ、逃がすなよ」

寅吉が叫んでいる。ここで何人かの賊が、水に身を投げている。しかし泳げない者もいるらしく、それらは腕や首根っこを摑(つか)んで、体を船底へ押し付けた。

結局、五人の賊を捕えた。

卯吉は肘の骨を砕いた男の、顔の布を剝ぎ取った。見覚えのある顔が現れた。甲助に違いなかった。

寅吉は、深川の居酒屋で甲助や宗次らが気に入らない卯吉に対して、何か企みをしたことを察した。話の詳細は聞けなかったが「酒問屋」「千石船」という言葉は聞こえた。

そこで見聞きしたことを、寅吉は卯吉に伝えた。

「何を企んでいるのか、見当がつくか」

問われた卯吉はそう答えた。船上で酒を奪うのは、容易なことではない。しかし向こうは十樽でも二十樽でも奪えれば、こちらの鼻を明かしたうえで、闇の酒として換金もできる。何かするならば、そこだろうと考えた。

「それならば、稲飛が入津するぞ」

それで丑松や今津屋の若い衆に、助勢を頼んだ。永代橋で命を助けた惣太には、船を出してくれないかと頼んだ。

「卯吉さんや寅吉さんの役に立つならば、喜んで」

惣太は言った。得物を用意して平底船に乗り込み、輸送の後をつけたのである。襲撃があれば、直ちに捕り押さえに入る段取りだった。

　甲助以外の者の顔の布も剝ぎ取った。

　水に身を投げたが、満足に泳げない二人をさらに引き上げた。こちら側の者で、水に落ちた者も助け上げた。しかし行方が知れない賊もいた。

「捕えた内の四人は、あの居酒屋にいたやつだぞ」

　寅吉は顔を覚えていた。

「仕組んだのは、甲助と宗次だな」

　一番年若の者に尋ねた。おまえらは盗人だ、素直に答えないと死罪になるぞ、と脅した上でだ。

「へい。そうでした。奪った酒樽は、売って山分けしようと話しました」

「宗次も、盗みに加わっていたな」

「へい。水に飛び込んで逃げやした。あいつは水練ができたようです」

　武蔵屋の荷を狙ったのは、宗次が卯吉に恨みを持っていたからだ。武蔵屋と卯吉について調べると、近く稲飛の入荷があると分かった。それを襲おうと、図ったのである。

「しかしならばなぜ、海で襲わなかったのか。新川堀の近くでは、助っ人が出ると考えなかったのか」

「か、考えました。だから海で襲おうとしたんですが、川と違って波が荒くてとてもできませんでした」

古船を用意して、漕いだのは仲間の者だった。惣太のように、扱いには慣れていなかった。鉤縄を投げても、船端にかけられないと判断したようだ。新川堀に入るぎりぎりのところまで来ると、波もいく分治まった。

ここしかないと、男たちは腹を決めたのだとか。

甲助にも尋問を行った。襲撃の場で捕えられたのだから、言い訳のしようがない。襲撃の経緯を話した。

稲飛は、一樽も失わなかった。しかし宗次を逃がしてしまったのは、残念だった。

第三章　残金支払い

一

　梅雨が明けて、盛夏の六月となった。炎天が、江戸の町を照らしている。道を行き過ぎる人の影が、濃くなった。蟬の音がどこを歩いていても聞こえてくる。

　小僧は折々店の前の通りに出て、水撒きをする。すぐに乾いてしまうから、放っておくと土埃が舞う。

　うっかりしていた小僧が、手代の桑造に叱られていた。

　今月中に、残りの稲飛九百樽が江戸へ着く。後半の荷の輸送について、卯吉は今津屋の東三郎のもとへ打ち合わせに出向いた。

「いや、暑いですな」

会う早々、東三郎は言った。お結衣が冷えた麦湯を出してくれたのは、嬉しかった。

「荷は西宮を出ています。順調ですよ」

「それはよかった」

「仕入れた分の、売れ行きはいかがですか」

「まずまずです」

自然に笑顔になったのが、自分でも分かった。先月届いた稲飛は飛ぶような売れ行きとはいえないが、新たな買い手もついてきた。納得のゆく結果だった。

「いや、先月仕入れた分で充分です」

と言う小売り店もないではないが、おおむねは「また同じ量を、お願いします」との返事を受け取った。薦樽が店頭に並んでいる姿を見るのは嬉しかった。

「評判を聞きました。うちでも仕入れさせてください」

新たな客も、ないではない。こういう客は、他の酒も仕入れる。武蔵屋にとっては、ありがたい客だった。

その様子を東三郎に伝えた。傍にはお結衣もいて、卯吉の話を二人は喜んで聞いてくれた。

「卯吉さんの熱意ですね」

とお結衣に告げられると、こそばゆい気持ちになる。

前金も入ってきて、来月は支払いになる。東三郎は、そのことに触れた。

「蔵元の大西酒造は小さな酒造ですから、お金が入らないと困ります。そこのところは、よろしくお願いしますよ」

と念押しされた。

「はい。長くお付き合いいただく蔵元さんですし、店の信用もあります。期日についても、問題はありません」

卯吉は胸を張った。

支払いについては、何度も乙兵衛に念を押している。武蔵屋はぎりぎりで資金を回しているが、今ならば支払いに問題はなかった。入ってくる金子と出て行く金子の流れは、すべて乙兵衛の頭の中に入っている。その差配については信頼ができた。

「そういえば、稲飛の入津を襲った者たちですがね」

ここで東三郎は、話題を変えた。

俯いたお結衣の顔が強張ったのを、卯吉は見逃さない。東三郎はそのまま続けた。

「処罰が決まったそうですね。企てて捕えられた甲助は、八丈への遠島刑だというではないですか」

「はい。そうらしいですね」

卯吉は昨日の夕刻、寅吉から聞いた。

「盗もうとしただけでなく、水手にも怪我人が出ていますからね、当然でしょう」

東三郎は、あっさり言った。他にも遠島刑となった者がいる。銭欲しさに手伝っただけの者は、叩き刑になった。その後、人足寄場へ送られるそうな。

「宗次は、とうとう見つからなかったそうですね」

東三郎がその名を口にすると、俯いていたお結衣の肩がぴくりと動いた。

「ええ、寅吉さんらは大川の河口や佃島、鉄砲洲のあたりも探したそうですが、それらしい者が泳いでいたとか、溺れたとかの話はどこにもなかったそうです」

「どこかへ泳ぎ切ったか、誰かに助けられたことになりますね」

「はい」

卯吉は頷いた。

「今や宗次は、お尋ね者となった。料理人の兄は、久離として縁を切っていたそうではないですか」

兄は災いが己に及ぶことを怖れて、事前に縁を切っていた。東三郎は、それを定町廻り同心の田所あたりから聞いたのだとか。

「捕えられたら、甲助らの供述がある以上、よくて遠島、下手をすれば死罪になるのではないですか」

と続けた。口にしていることは、間違っていない。

その言葉に、お結衣はますます体を固くした。

すでにお結衣は、宗次に特別の感情は持っていない。しかしどうでもいいとは、今ここに至っても思っていない様子だ。それは俯いて、じっと何かに堪えている姿から感じた。

宗次がここまで堕ちたことについては無念で、心を痛めている。

どう話題にしたらよいのか、卯吉としては困惑した。

すでに宗次との間にあった出来事については、お結衣は東三郎に伝えたはずだった。盗賊騒ぎを起こした以上、もう隠しておくわけにはいかなかった。

父娘でどういう話をしたかは知る由もないが、あれからお結衣はわずかに表情が暗くなった。

「襲撃もしくじりお尋ね者となった宗次が憎むのは、お結衣だけではないでしょう。卯吉さんや武蔵屋さんにも向かうと思われます。申し訳ないことです」

頭を下げた。何か迷惑なことがあったら、すぐに伝えてほしいと言い足した。お結衣も頭を下げている。

「せめて自分から名乗り出て、縛についてくれたらいいのですが。それならば、死罪はないと思いますがね」

これは娘への、気遣いの言葉かもしれなかった。

武蔵屋へ戻ると、小売り酒屋花田屋の改築祝い用に注文していた銘柄が印附された酒薦が届いていた。灘自慢と稲飛の樽を包む。それぞれ別の図案だ。

慣れた仕事だから、二、三年いる小僧ならば難なくできる。できたところで、荷車に載せて運ぶ。

「船でもかまわないんだけど、繁華な道を歩いて運んでほしいという注文でね」

お丹が言った。屋号を記した幟を手渡された。改築を終えて商いを再開するにあたり、京橋にある花田屋まで、荷車で薦樽を運ぶことで宣伝するのである。

荷車に載せるにあたって、印附した部分が外から見えるように工夫をした。花田屋の若い手代がやって来て、一緒に運んで行く。卯吉も同道することになっていた。運ぶだけでなく、主人に祝いの口上を伝えなければならない。

「では、行ってきます」

珍しく見送りに出たお丹に、卯吉は言った。

「気をつけてお行き」

と言って、積まれた酒樽の薦を手で撫でた。これは、仕入れ先の手代に見せたのである。武蔵屋のおかみは、店の客と品を大事にしていますよと伝えるためだ。

荷車は、ごとごとと音を立てて進み始めた。するとそこへ、白い狩衣姿の祈禱師が現れた。茂助である。

「叔父さん、江戸へ戻っていたのですか」

並んで歩き始めた茂助に、卯吉は問いかけた。

「うむ。稲飛の売れ行きが、気になったのでな。まずまずの様子で、何よりではないか」

「ええ、お陰様で」

茂助の口添えで、五十樽が売れた。

「灘からの下り酒、銘酒灘自慢、稲飛が、花田屋へ到来。新たな店の開店を祝うものにて御座候」

錫杖を鳴らしながら、茂助は声を上げた。凜とした、張りのある声だった。通り過ぎる人が、振り向いた。

　叔父は花田屋へ掛け合って、店の前で祈禱を上げる段取りをつけていた。それで祝儀の銭を得るのだが、荷運びの道中でも、店の名と酒が目立つように声を上げると伝えたそうな。

　相変わらず抜かりがない。

　子どもが、面白がってついてきた。

　茂助は、花田屋の店の前に祭壇を設えた。榊を供え、その前には護摩壇が組まれていた。何事かと通りがかりの者が立ち止まる。

　袖括りの緒を締めた白い狩衣姿の茂助は、頭に黒い折烏帽子をつけ紐を顎で結んでいた。

　卯吉は傍で、火の付いた護摩木を持っていた。手伝いを頼まれたのである。

「御祈禱を始めまするぞ」

　護摩壇の前に立った茂助は、厳かな声を出して言った。卯吉でさえ、それで気持ちが引き締まった。

　ここで茂助は、じゃらじゃらと太珠の数珠を鳴らした。

「改築なったる、下り酒を扱う花田屋の商い。灘自慢、稲飛が福を担っての新たな入荷。店もお客も大繁盛」

そして卯吉から受け取った護摩木を護摩壇に投げ入れた。するとぱっと、赤い炎が燃え上がった。下にある護摩木には、すでに油がつけられている。

「おおっ」

居合わせた者たちは、それとは知らず声を上げた。

「ご繁盛、ご繁盛」

茂助は言葉を続けた。

「いい酒ですよ」

祈禱が済んで、人々の興奮が消えないうちに、卯吉は集まっている人たちに声を掛ける。花田屋でも今日だけということで、割り引いた値にした。

評判は、上々だった。稲飛も、灘自慢に負けないくらい売れた。

二

六月になって、次郎兵衛の苛立ち（いらだ）がひどくなった。店の上がり框（かまち）に一本の糸くずが落ちていた、荷の積み方が悪い、いつもならば気にもしないようなことでも、難癖をつけて叱った。

丑松や小僧はもちろんだが、竹之助にさえ当たった。

特に月が変わる直前は酷かった。店の奥に座り込んで、落ち着きなく外に目をやっている。来るかどうかも分からない客を、待っている様子に見えた。しかしその人物は現れない。

そして慌てて出かけて行く。そしてしょんぼりして帰ってきた。

「しょうもねえやつだ」

丑松は、吐き捨てるように言った。もちろん聞こえないところでだ。

屈託があるのは分かるが、その気持ちの乱れを、胸に閉じこめることができない。かといって、解決するための何かの動きをしているようにも見えなかった。

「餓鬼と同じじゃねえか」

と思うのだ。だからできるだけ関わらないようにしていた。

商い自体は、次郎兵衛が余計なことさえしなければ、どうにかかつがつやっていける。灘自慢はもちろんだが、福泉もそれなりに売れていた。武蔵屋の分家という立場は、やはり大きかった。

屋号を出せば、何であれ話は聞いてもらえる。

「本店の後ろ盾があるならば」

と無理な商いにもかかわらず、応じてもらえることもあった。ただ次郎兵衛は、稲飛は仕入れない。卯吉が扱っているからだが、度量の小さいやつだと丑松は感じている。

気に入らないのはかまわないが、売れる品ならば、そんな気持ちは越えるべきだ。それができない次郎兵衛は、武蔵屋の看板があるから商人面ができている。

「こんなやつにつきあって、歳をとらなくちゃあならねえのか」

そう考えると、虫唾が走る。店を変わらないかという誘いを受けると、心が揺らぐのはそのためだ。

次郎兵衛が苛立っているのは、篠塚屋の借金の保証人になったことが原因になっているのは間違いない。その概要は、丑松は竹之助を脅して聞き出した。ふざけた話だとは思うが、そこまで心を落ち着かなくさせるものだとは感じなかった。

しかし次郎兵衛の動揺は、尋常ではない。

そこで丑松は、竹之助に問いかけた。店には他に誰もいないところを見計らってである。

「番頭さん、篠塚屋の借金について、まだ隠していることがあるんじゃないですか。

旦那の苛立ちは、どうみたっておかしいですからね」

「そ、そうかね」

竹之助は、それでもとぼけようとした。

「だめですよ。嘘をついちゃあ。その嘘は、店を潰すかもしれませんよ。番頭としての慰労金だって、もらえなくなりますよ」

慰労金は、店を辞めるときに受け取る金子だ。丑松は、さらに続ける。

「もし嘘をついていた中で、とんでもないことが裏にあったら、私は番頭さんが知ってて隠していたと、おかみさんに伝えますよ」

お丹は次郎兵衛には甘いから、分家の不祥事は、すべて竹之助に押し付ける可能性があった。そういうお丹の性質を竹之助は分かっているから、すべてを言わせる材料になると丑松は考えたのだ。

「そ、そいつぁ」

竹之助は観念した様子で口を開いた。竹之助が守りたいのは、分家や次郎兵衛ではない。自分だ。

「篠塚屋が、初めに借りた金は百五十両だった。り、利息がね、月に二割で」

月が変わると、前の月の利息分は次の月の元金に加えられる。そして一年を限度に、何が何でも元利を合わせた金子を返さなくてはならない約定（やくじょう）だという話である。

「ならば四月に借りた百五十両は、六月になって二百十六両になったわけですね」

「そ、そうなりますね」

さらに三月も返せなかったら、四百両近い金高になる。とんでもない約定だった。

「旦那が待っているのは、篠塚屋の主人が金を作って戻ってきたという知らせだな」

そんな知らせを、本気で待っているのかと思うと、腹立たしさを越えて呆（あき）れてくる。

「し、しかし、室賀家や大文字屋の与之助さんからは、催促がましいことを言ってきませんよ」

「あたりまえじゃねえか」

つい、乱暴な言い方になってしまった。自分に都合のいいようにしか考えない甘さが、胸中に芽生えた怒りをさらに煽（あお）った。

何も言わないのは、借金の元金を増やしたいからに他ならない。何も言ってこないからといって、保証人の件が消滅されるわけではなかった。次郎兵衛も竹之助も、それが分からないわけではないだろう。ただ姦計（かんけい）に見事嵌（はま）った無様な己の姿を、本家の者や親類縁者にさらしたくない。そのために一日延ばしにしているのだと解釈した。

「他に、隠していることはありませんか。あったら困るのは、番頭さんですよ」と念を押した。

竹之助は半泣きの状態で首を傾げてから、「ない」と答えた。

「ならばどうしたらいいか」

丑松は考えた。ここまできたら、放ったままにしてもいいと考えたが、与之助の顔が頭に浮かんだ。

次郎兵衛に最初に話を持ち込んだのは、大文字屋の与之助である。

「こいつは、間違いなく悪巧みに与しているぞ」

その考えは、膨らんでいる。丁目は違っても、同じ浜松町の分家同士だから、表向きのことは知っている。しかし裏へ回ったら、とんでもないやつかもしれない。との考えが浮かんだ。

そこで丑松は、大文字屋や与之助について、できる限り詳しく調べてみることにした。

浜松町には、畳表や蚊帳を商う店がもう一軒ある。そこの手代とは、夜回りの折に一緒になったことがある。出向いて尋ねてみることにした。

「日本橋通町にある大文字屋の本店は、たいしたもんだ。いくつもの大名家に畳表を入れている。何人もの腕のいい職人の親方と組んでいてね」

「分家はどうかね」

「次男坊で、分家をするにあたっては、いくつかの旗本家や商家を客として分けてもらった。商いを始めるには、やりやすかっただろうさ。それは武蔵屋も同じだろうが」

ちくりと嫌味を交えられた。

「いや、うちはそんなに良くないぞ。まあまあと言ったところだ」

一応は言い訳する。その上でさらに問かけた。

「では分家の商いは、うまくいっているのかい」

「いや、与之助というのは苦労しらずの次男坊だからな。手を抜くこともあるらしい。本家の看板があるから、どうにかやっているところじゃないか」

武蔵屋分家と同じだ。

「ただその割には、本家に金の無心をしたという話は聞かない」

同業だから、大文字屋の奉公人にも知り合いがいるらしい。

「ならば、金に困ったときはどうしているのか。天から降ってくるわけではないだろう」

「与之助が何とかしてくるようだが」

金子の出どころについては、知らないらしかった。どうやって金を作るかは見当もつかないが、本家を頼らないというのは、次郎兵衛よりも腹の据わった機転の利く者なのだろうと察した。

そこで与之助が親しくしている者はいないかと聞いた。名を挙げたのは、浜松町二丁目にある堀脇屋という口入屋の番頭で仙太という者だった。顔だけは見たことがあった。

ともあれ丑松は、堀脇屋へ行った。店の前に、仕事を求めて来たのか、あぶれたのかは分からないが、三人の人足ふうがいて立ち話をしていた。

丑松はその三人に声を掛けた。

「ここの仙太さんと、畳の大文字屋の与之助さんは、ずいぶんと親しいと聞いたんですけどね、そのことを知っていますか」

知らなくてもともとという気持ちで口にした。

二人の男は首を傾げたが、一人は曖昧な顔になった。それで銭十文を与えた。

「居駒屋の番頭あたりならば、知っているんじゃねえか」

銭を受け取った男は、そう言った。

「居駒屋だって」

増上寺の大門に近い中門前町の金貸しである。高利貸しとして、評判がよくない。

「あそこの用心棒と、仙太と与之助が、羽振りよく女郎屋で遊んでいたと聞いたことがある」

芝神明宮の敷地の中には、女郎屋が軒を並べる一角がある。

それで丑松は、中門前町へ足を向けた。居駒屋に縁などはないが、どこにあるかは知っていた。

住まい自体は百坪ない敷地だったが、建物は瀟洒だった。近くの荒物屋で店番をしていた小僧に、小銭を与えて問いかけた。

「居駒屋の用心棒の名は、何というのか歳はいくつか」

「須黒弥八郎だって聞いています。歳は三十を少し超えたくらいだと思います」

用心棒は、一人だけだそうな。凄腕らしいと付け加えた。眉が太くて鼻が大きい。睨まれると怖いとも言い足した。

ただ仙太も与之助も知らなかった。須黒がよく酒を飲んでいる店があるというので、その場所を聞いた。同じ町内の兎屋という居酒屋だ。

行くと、商いはまだ始まっていなかったが、中年の女中が掃除をしていた。ここでも小銭を与えてから、話を聞いた。

「須黒という浪人者が、よく来るそうだな」

「そうですね。三日か四日に一度は来ます」

「仙太や与之助という者と一緒ではないか」

「与之助というのは、どこかのお店のご主人ですよね。その人とは、何度か来ました。一緒の時は、その与之助さんがお代を払います」

「仙太の名は、聞かないか」

「さあ。来たかもしれませんけど、覚えていないです」

最近では、須黒の方が与之助と親しいと思われた。篠塚屋の一件に関わりがあるかどうかは分からないが、そのままにはできない人物だと思われた。

そこでその日は、日暮れどきになってまた兎屋へ行った。夜になっても暑いので、店の戸は開け放たれている。何度か中を覗いたが、それらしい姿は見かけなかった。

次の日も、丑松は日が落ちてから、兎屋へ行った。すると濃い眉で鷲鼻の三十歳をやや過ぎた歳ごろの浪人者が酒を飲んでいる姿を見つけた。

荒物屋の小僧を呼び出した。銭を与えて顔を覗かせた。

「あの人です」

小僧は言った。須黒なる浪人者の顔を、確認したのである。

三

丑松は、須黒の動きを探ることにした。与之助は分家の商いをするにあたって、厳しいことがあっても、次郎兵衛のようにすぐに実家に泣きつくようなまねはしていなかった。ではどこで稼ぐのかと考えていて浮かび上がってきたのが、高利貸しの居駒屋だった。

口入屋の仙太は飲み仲間ではあっても、与之助が稼ぐ金子に関わりがあるのは、居駒屋の方だと思われた。口入の仕事に関わった形跡はなかった。

次郎兵衛に近づいた手口を考えれば、金に困った商人に親切ごかしで近づいて、高利貸しに斡旋(あっせん)して分け前を得るというものが頭に浮かぶ。

「今度は、甘い次郎兵衛を狙ったんじゃあねえか。旗本家の御用達になれるという餌(えさ)を吊(つ)るして」

武蔵屋分家の件では、居駒屋ではなく室賀家もしくは用人槙本が仲間になった。それには浪人者の須黒も絡んでいるかもしれない、との考えだ。

ただこれは、確たる根拠があるわけではなかった。丑松の勝手な推量だ。ただとんでもない見当違いともいえないのではないかと感じている。

そこで丑松は、店の用がなくなったときを見計らって、高利貸し居駒屋の様子を見に行くことにした。浜松町四丁目の武蔵屋分家から居駒屋のある中門前町は、四半刻もかからないで往復ができる。

最初の日は、丑松が見ている間に出かけることはなかった。金を借りに来たらしい、いかにも追い詰められたといった気配の中年の商人が来ただけだった。

次の日は、外出していた須黒が、戻って来た姿を目にした。しかしそれでは様子を探ったことにはならない。与之助が現れるわけでもなかった。

三日目、この日は正午前に行った。すると玄関から、須黒が姿を現したところだった。出かけて行くのを、丑松はつけた。

急ぐわけではなく、またのんびりといった歩き方でもなかった。歩き方は落ち着いていて、隙(すき)がない。得体の知れない不気味さのある浪人だった。

気付かれたら、逃げるしかないなと腹を決めた。斬られてはかなわない。次郎兵衛のために、怪我をするのは御免だった。

須黒は金杉川(かなすぎがわ)を南へ渡った。そしてすぐに右折した。このあたりは武家地で、川と道の間には馬場があり、さらに行くと大的場があった。その向こうは増上寺の広大な杜である。

その杜から、蟬の音が溢れんばかりに聞こえてきた。

しばらく歩くと増上寺の裏手となり、赤羽橋が現れた。須黒はこれを北に渡り、飯倉町の街並みに出た。浜松町界隈と比べたら、鄙びた印象だ。

炎天ということもあるが、通りを歩く者は少ない。

須黒が立ち止まったのは、飯倉三丁目榎坂の手前だった。間口三軒の種苗屋があって、そこの敷居を跨いだ。丑松はその店の中に目をやった。

「何だ、利息の取り立てか」

やり取りを見ていて察した。金貸しの用心棒の仕事としては当たり前すぎて、それでは面白くない。

種苗屋を出た須黒は、まだ居駒屋に戻る気配はなく武家地に入った。このあたりは、大名屋敷や旗本屋敷が並んでいる。それらを通り越して現れたのは、麻布龍土六本木町だった。飯倉よりも田舎じみた、埃っぽい町だ。ここでもよろず屋から利息を受け取った。

さらに須黒は歩いて行く。このときは、中天にあった日がいく分か落ちている。丑松は、店のことが気になり始めた。利息の取り立てをするだけならば、つけていても仕方がない。

このとき須黒は、麻布村の畑に沿った道を歩いていた。

「引き上げよう」

と決めたとき、須黒は百姓家の敷地に入った。戸を叩いたのは、そこの離れ家だった。

そこで丑松は、近くの百姓家へ行って、子守りをしていた婆さんに尋ねた。

「あの離れ家には、三十歳くらいの商人らしい人が、先月から住み着いていますよ」

と応じられた。それで外見を聞いた。

「中背で、金壺眼の人でしたね」

「そ、そうですか」

どきりとした。姿を消した篠塚屋清七の特徴と似ている。こうなると、店に戻るどころではなくなった。顔を確かめなくてはならない。額と首筋の汗を、手拭いで拭った。

百姓家の離れ家に近づいた。座敷の戸は開け放たれている。中を覗こうとしたとき、背後から声を掛けられた。

「その方、何をしている」

声の主は、須黒だった。

「い、いえ。何でもありません。ちょいと、そこの花が気になりまして」

たまたま咲いている、芙蓉の花を指さした。向けてくる須黒の眼差しは、胸を刺すくらい冷ややかだった。

「それじゃあ」

震えそうになる足を踏みしめて、その場から離れた。呼び止められて斬られるかと思ったが、それはなかった。


翌日、丑松はもう一度麻布村の百姓の家へ行ってみることにした。離れ家に近寄ろうとして、須黒に怪しまれた。慌てて逃げたが、離れ家に清七がいるかもしれないという疑問は一夜が過ぎても消えなかった。

今回の保証人として嵌められた一件の、中心人物である。どこかに身を潜めているのは間違いないが、先月あたりから住み着いたという話も合わせて、清七である可能性は大きかった。

須黒が怖いからといって、そのままにはしておけない。また居駒屋の用心棒なのだから、いつもあそこにいるわけでもないだろう。顔だけでも確認し、もし清七だとはっきりしたら、連れ出そうと考えた。二百十六両の金子が絡んでいる。

朝から日差しは強い。しなければならない店の用事を片付けて、丑松は武蔵屋分家の店を出た。須黒には、気をつけなくてはいけないと思っている。今日も見つかったら、ただでは済むまい。

増上寺の杜から溢れ出る蟬の音に背中を押されて、丑松は麻布村へ入った。

先日の百姓家を、やや離れたところから見つめる。須黒らしい人物がいないか、検めたのである。畑には茄子が実をつけていて、その紫の膚に正午前の日差しが当たっている。

須黒のいる気配は感じられない。それでも恐る恐る近づいた。

「はて」

ここで気になった。離れ家の縁先の戸が閉められている。昨日は開けられていた。中に人がいるならば、暑くて耐え難いはずだ。

近寄って、中の気配をうかがった。人の気配は、まったく感じられない。

昨日話を聞いた近くの百姓家へ行った。昨日の婆さんを呼び出して、尋ねた。

「離れの人は、昨日の夕方くらいに出て行きましたよ」

風呂敷包みを持っていたとか。浪人者も一緒だったと、婆さんは言い足した。見張っているわけではないが、今日になって戻って来た気配はないという。

そこで丑松は、離れ家を持つ百姓屋へ行って声を掛けた。出てきたのは、野良着姿の中年の女房だった。住み着いていた商人について、丁寧に問いかけた。わけあって捜していた者だと伝えた。

「昨日、夕方になって、急にここを出ると伝えられました」

「なぜ、こちらに住むことになったのでしょう。お知り合いだったんですか」

知り合いならば仲間だと考えられなくもないが、悪事を働きそうな者には見えない。どこにでもいそうな、百姓家の女房だ。

「知り合いではありません。いきなり訪ねてきたんです。篠田屋清右衛門だと名乗って、しばらく置いてくれと頼まれました。離れ家が空いていると、どこかで聞いてきたみたいです」

身なりも悪くないし、顔つきも善良そうに見えた。ほんの一、二ヵ月だけだと告げられ、思いがけない多額の銭を差し出された。それで請け人なしでも貸したのだと、女房は言った。

「どこへ行くと、話していましたか」

「それは聞きませんでした。話すつもりもなさそうでしたから」

浪人者が、二日に一度くらいの割で訪ねて来ていたと付け足した。

逗留した商人は、篠田屋清右衛門と名乗ったというが、篠塚屋清七と似た名だ。聞いた年頃や外見は、ぴたりと重なる。

「惜しいことをした」

怯えていないで、昨日のうちに顔を確かめればよかったと後悔したが、後の祭りだった。

卯吉は小売り酒屋で祈禱をした折に、武蔵屋分家が思いがけない借金の保証人になった話があることを茂助に伝えた。清七が姿を消したところまでである。

聞き終えた茂助は、即座に言った。

「清七が現れることはない」

「そうでしょうね」

卯吉も同感だった。

「この件には与之助だけでなく、槙本という室賀家の用人もつるんでいるぞ」

とも言った。

卯吉は、そう決めつける理由を問いかけた。

「そもそも五千石とはいえ、百両を超す金高となれば大金だ。一年もの間、人に貸せるほどゆとりがある旗本など、今どきめったにいないぞ」

そう言われれば、そうかもしれないと思った。

「そもそも旗本家が、町人に金を貸すという話は聞いたことがない。また大金を貸すならば、殿様の名でやるのではないか。用人の名で貸すなど、あり得ないのではないか」

用人が金子を持っていれば話は別だが、それはないだろうとも言った。

得心がいった卯吉は、丑松からその後の成り行きを聞こうと考えた。ただ代金の受け取りや、稲飛を含めた他の酒の販売も重なって、すぐには動けなかった。

数日して一段落ついて、ゆとりができた。そこで武蔵屋分家へ出かけることにした。茂助が泊まっている旅籠(はたご)へ行って伝え、二人で向かった。

分家の店を覗くと、土間にいた丑松が卯吉に気がついて通りに出てきた。金杉橋まで行って、話を聞いた。

丑松は、やや興奮した口ぶりだった。

竹之助から聞いた借金の額と利息のこと、そして与之助について調べたことから須黒が浮かび上がり、これをつけて麻布村へ行ったこと、そこで見聞きしたことまでだ。

「いなくなったのは、清七の居場所を嗅ぎつけられたと考えたからではないか」

丑松は清七を確認できなかったが、怪しまれた。その話を与之助にして、向こうなりに慎重を期したのかもしれなかった。これは茂助の推量だ。丑松も頷いた。

「それにしても、とてつもない利息ですね」

これには仰天した。竹之助が初めに丑松に問われて、言えなかったわけが卯吉には分かる気がした。

「金は返させない方が、向こうには都合がいい。ぎりぎりまで貸し付けて、高額になったところを武蔵屋の本店から奪い取ればいい。向こうにしたら、都合のいい証文を手に入れたことになる」

怒りを抑えながら、丑松は言った。

「もともと金の貸し借りなど、していなかったのではないか」

「証文だけ作って、次郎兵衛さんに署名をさせたわけですね」

茂助の思い付きを、否定できないと卯吉は感じた。

「次郎兵衛は甘言に乗りやすい。大身旗本家の御用達になれると告げられて、気持ちばかりが先走った……」

思ったよりはるかに、厄介な話になっていた。

四

日が落ちても、昼間の暑さが残っている。川風が吹き抜けたとき、かろうじて涼を感じた。

家にいるより過ごしやすいから、夕涼みをしようという人たちは少なからずあった。しかし町木戸が閉まる四つ近くになると、汐留川河岸を歩く人の姿は見かけなくなった。ひっそりとして、木戸番小屋の明かりと数軒の酒を飲ませる店の明かりが灯るだけになった。

物貰いの為造は、腹を下して汐留橋の北袂にある柳の根方に蹲っていた。昼間拾った饅頭は痛みかけていたが、腹が減っていたので食べた。

しかしそれが良くなかった。夕方あたりから、じわじわと痛みが出てきて、それがさらに酷くなった。

若い頃は、少しくらい腐っていても、口に入れて平気だった。五十も半ばを過ぎて、自分の歳が分からなくなっている。

「おれも、やきが回ったな」

腹に手を当てながら呟いた。一度去った痛みが、波のようにまた押し寄せてくる。どこかで湯でも飲みたいと思ったが、行ける場所などどこにもない。ここで野宿するしかないと考えていた。

空駕籠がやって来て、橋を南に渡った。客を送った帰りだとは思ったが、注意して見たわけではなかった。ただ痛みの波が治まったところだったから、為造は目をやった。

誰でもいいから、銭でも薬でも、恵んでもらいたいところだった。しかし声掛けもできないうちに行ってしまった。

そして南の橋袂に、提灯の明かりが近づいた。芝口橋方面から来たらしい。小さな話し声が、聞こえてきた。

目を向けると、浪人者と二人の町人の三人連れだった。提灯を手にしているのは、先頭を歩く町人の一人だけだった。

通り過ぎた駕籠舁きよりも、こちらの方が何か恵んでもらえそうな気がした。腹の痛みがまた押し寄せてくる気配があったが、為造は立ち上がった。

よろよろと歩き始める。とそのとき、浪人が刀を抜いた。提灯を持たない町人に斬りかかったのである。

「ひいっ」

町人は悲鳴に近い声を上げた。しかし逃げることも避けることもできなかった。骨と肉を裁つ微かな音が、闇に響いただけだった。

どさりと、斬られた町人の体が、地べたに倒れる気配があった。

仰天した為造は、声も出ない。体を固くして立ち止まった。腹の痛みさえ、感じなかった。

倒れた町人は、浪人者の手によって、川へ落とされた。ざんぶという水音が響いた。

そのとき、もう一人の町人が提灯に顔を近付けて、明かりを吹き消した。一瞬般若のような顔が、はっきりと見えた。

「ひえっ」

為造はそこで、声を上げてしまった。

浪人と町人が、こちらに顔を向けた。斬殺の場面を見られたと、それで気づいたらしかった。血刀を握った浪人が、橋を渡ってこちらへ駆けてくる。

「うわっ」

殺されると感じて、為造は逃げた。近くの路地に駆け込んだのである。真っ暗闇だから、それが幸いした。またこのあたりの道には精通していた。

二人は追いかけてくる。

為造は物陰に隠れて、二人が行き過ぎるのを待った。その気配が消えても、すぐには動けなかった。襲ってきた腹の痛みと恐怖で、身も世もない。しばらく蹲(うずくま)ってから、よろよろと歩き始めた。

この場から離れなくてはならない。頭にあるのは、それだけだった。

五

歩くのが商売の岡っ引きでも、炎天が続くと日向(ひなた)に出るのが嫌になる。寅吉は実家の艾屋(もぐさや)で店番をしていた。団扇(うちわ)が手放せない。

そこへ定町廻り同心の田所紋太夫がやって来た。汗をびっしょりかいている。寅吉は、嫌なやつが現れたとげんなりした気持ちになったが、顔には出ないように注意をした。

「汐留橋下の川で、杭に引っ掛かった男の死体が見つかった。付き合え」

　というものだった。

「このくそ暑いときに、厄介な話だぜ」

腹立たし気に言った。汐留川界隈は、田所の町廻り区域ではない。受け持ちの同心は何か他の案件があって、助っ人を命じられたのである。

厄介なのは、寅吉も同じだった。命じられたら、断れない。

二人で汐留橋へ出向いた。行ってみると、すでに死体は土手に上げられ、藁筵がかけられていた。炎天下でもあるから、野次馬も少なかった。

「ご苦労様で」

そう言って、すでに来ていた土地の岡っ引きが藁筵を捲った。まず目についたのは、ばっさりと肩から胸にかけて袈裟にやられた刀傷だった。

よほどの腕でなければ、こうはできないというくらい見事な斬り跡だった。寅吉は思わず息を吞んだ。薄ら寒い気持ちにさえなった。

「他に傷跡はありません。ばっさりやられて、川に落とされたようです」

土地の岡っ引きは言った。

身につけているのは古いが絹物で、夏羽織を身につけていた。中どころの、商家の主人といった外見である。人物を特定できる持ち物はなかった。五匁銀や小銭の入った財布が懐に入っていた。

「物盗りの仕業じゃあ、ねえわけだな」

報告を受けた田所が言った。

死体を発見したのは、早朝に汐留川を通りがかった荷船の船頭である。土地の岡っ引きは、すでに近くの船着き場で、聞き込みをしていた。

昨日の夕暮れどきに橋を潜った船の船頭は、死体を見ていなかった。また五つ時に通った猪牙舟の船頭も、死体には気付かなかったと告げたとか。

日が落ちてから、夜が明けるまでの間にあった犯行となる。土手を丹念に調べると、血痕が見つけられた。

犯行現場はここだと考えられた。

「仏に、見覚えのある者はいねえか」

何人かいる野次馬に問いかけたが、知っていると告げた者はいなかった。中背で、金壺眼の顔が、驚愕に歪んでいる。

町の自身番や木戸番、商家の番頭などにも顔を見させた。しかしどこの誰だと明言できる者はいなかった。この土地の者ではなさそうだ。

「昨夜、殺しを見た者や、不審な者を見かけた者がいねえか、手分けして探せ」

田所は寅吉と土地の岡っ引きに命じた。検死の役人が、町奉行所からやって来る。田所はそれまで、自身番で休むつもりらしかった。

「さあ、夜更けた頃には寝ていましたよ。辻斬りならば、怖いですねえ」

と言ったのは、町の隠居だ。斬ったのは侍だと思っているから、そういう言い方をしている。橋近くで五つ半過ぎまで商いをした田楽屋の親仁も、それらしい出来事は起こっていなかったと言った。

「ならば、その後の出来事か」

田楽屋は、酒も飲ませる。涼みがてら飲みに来る者もいるから、それなりに繁盛した。しかしさすがに町木戸が閉まる半刻ほど前になると、客足が遠のいた。人通りも少なくなったので、片づけを始めた。だから町木戸の閉まる四つの、四半刻前には汐留橋の傍から離れていた。

町奉行所から検死の役人がやって来て、調べが済んだ。しかしこの時点では、遺体の身元は判別していなかった。炎天に死体は置いておけない。そこでとりあえず、町の自身番へ運んだ。

「引き取り手がなければ、明日にも回向院へ回すしかあるめえ」

田所はそう言った。暑いから、腐敗が早い。仕方のない処置だと思われた。

「さらに手掛かりを探せ。このままじゃあ、埒があかねえ。ぼやぼやするなよ」

発破をかけられた。田所は矍鑠とした体で、強面の男だ。

「へい」

土地の岡っ引きと寅吉は、神妙に頷いた。

命じた田所は、それでこの場から立ち去って行った。自らが聞き込みをするようなことはしなかった。これはいつものことだ。町奉行が特に命じた案件か、よほど高額の袖の下を受け取ったときにしか動かない。

いつでも、手札を与えている岡っ引きや手先を使う。自分は何もしない。下の者に押し付けて、手柄だけを取り上げる男だった。

「じゃあ、おれはおれで聞き込みをするぜ」

土地の岡っ引きは田所のやり口を知っているから、姿が見えなくなると早々に引き上げた。

遺体を引き受けた自身番では、線香を上げてくれている。一刀のもとに斬り捨てられ、川に投げられた商人ふうを、町の者は憐れんでくれていた。

寅吉も線香を上げ、合掌をした。

その上で、不審な人物や動きを目撃した者や、被害者の特徴について伝えて身元が分かる者を探した。

汐留橋周辺の商家へは、すべて聞き込みをおこなった。人が殺されたのだから、どこでも協力的だったが、不審者を見た者はいなかった。伝えた顔つきに覚えがあると言った者は、自身番へ連れて行った。しかし怪しげな人物も、殺された者の身元も分からなかった。

そこで範囲を広げて、近隣の裏長屋の者にも聞き込みを行った。

「夜の五つ過ぎまで酒を飲む銭なんて、ありゃあしねえよ」

「明日の仕事があるからね、夜も更けたら、さっさと寝ちまうよ」

そんな返答ばかりが続いた。けれども芝口橋近くで客待ちをしている駕籠舁(か)きに声を掛けて、思いがけない言葉が返ってきた。

「昨日の夜四つより少し前、客を送った帰りに汐留橋を渡った。少し行ったところでよ、浪人者と町人二人が歩いて来るのとすれ違った」

その中の一人が提灯を持っていた。

「顔を見たか」

「いや、見なかった。疲れていたしよ。そんなものいちいち気にしなかった」

それはそうだと思われた。すれ違っただけの人の顔など、よほどの何かがなければ覚えていない。ただ夜半で、三人のうち一人しか提灯を手にしていなかったので、記憶に残ったらしかった。

ただその三人の動きに、不審な様子は感じなかったそうな。

あれこれ聞き廻ったが、これが唯一それらしい返答だった。さらに聞き込みを続けようと、芝口橋付近にいる物売りに問いかけをした。するとここで、「寅吉」と声掛けをされた。

誰かと思って振り向くと、卯吉と白い狩衣姿の茂助だった。

「何をしているんだ」

と問われて、汐留橋下の死体にまつわる話をした。死体の特徴を伝えると、卯吉が顔色を変えた。

「中背で、金壺眼か」

捜していた人物だと言った。しかし卯吉も茂助も顔は知らない。そこで武蔵屋分家から丑松を呼んできた。自身番へ行って、仏の顔を見させた。

「こ、これは。清七に違いない」

走ってきた丑松は、まだ息切れが治まっていない。それでも、興奮の声を上げた。

卯吉は寅吉に、室賀家と篠塚屋清七との間にある借金の問題、それに次郎兵衛が関わっている内容について詳細を伝えてよこした。大文字屋与之助が関わっていることにも触れた。

「清七は、それ絡みで殺されたのだな」

茂助が言った。

次郎兵衛と竹之助にも知らせた。二人はすぐに駆けつけてきた。

「ああ」

どちらも言葉が出ない。次郎兵衛は顔を青ざめさせ、体を震わせた。清七も殺されてしまっては、金を返すことができない。

室賀家からの借金は、これですべて次郎兵衛の肩にかかった。

六

翌々日、西宮からの今津屋の樽廻船（たるかいせん）が、品川沖に着いた。稲飛の残りの九百樽が積まれている。

稲飛の小売り酒屋での評判は、徐々に上がってきた。勧められ半信半疑で買った客が、淡麗な飲み口に惹かれ、再度の購入を求めてきた。またその話を聞いた酒好きが、「では自分も」と注文をしてきた。

灘自慢はもともと売れる酒だったから、これにはかなわない。しかし先行して販売していた福泉に追いつきそうな勢いが、徐々に出てきた。

「この分では、武蔵屋の柱の一つになる酒かもしれないよ」

お丹や市郎兵衛は間違っても口にしないが、乙兵衛がそんなことを口にした。日々商いの帳面をめくっていて、注文の動きが見えるからだ。

初めは卯吉が酒徳利に稲飛を入れて、試飲をさせつつ顧客の小売り酒屋や料理屋を廻っていた。大名屋敷や旗本屋敷にも行った。しかし酒が出回るにつれて、向こうから声掛けが来るようになった。

したがって、残りの酒の売れ行きについては、前のように案じる気持ちはなくなった。

「支障なく、受け取ることが大事だ」

と卯吉は思っていた。稲飛の最初の時には、宗次らの襲撃があった。宗次は逃げたままだ。何を企んでくるか、知れたものではない。

品川沖までの迎えの荷船は、今度も三艘になる。卯吉や東三郎だけでなく、寅吉や茂助にも分かれて乗ってもらうことにした。もちろん武蔵屋の小僧や手すきの今津屋の水手も乗り込む。突棒や刺股も各荷船に入れた。

「それでは、受け取りに行こう」

受け入れの支度を整え、引き取りに行く者は船に乗り込んだ。

快晴の夏空で、空には入道雲が聳え立っている。その下を、白い海鳥が鳴き声を上げて飛んでいた。

新川堀を出て、陸に沿って品川沖に向かう。一同は陸の入り江や船着き場などに目を凝らした。上天気だから波も穏やかで、見晴らしもきく。

「これでは、襲いにくかろうな」

茂助が言った。

大型の樽廻船に辿り着き、酒樽を受け取る。三艘の荷船はどれもほぼ満載になった。厳重に縄を掛けた。

帰りの船でも、慎重に周囲を見回した。白い帆を張る千石船が、光を浴びて眩しく見える。荷を運ぶ船は、少なくなかった。しかし不審といえる船は、見当たらなかった。近づいて来たのは、海鳥くらいのものだった。

稲飛を積んだ三艘の荷船は、無事新川堀に入った。

卯吉だけでなく、船上の者は河岸全体に目をやったが、不審な者の姿はうかがえなかった。武蔵屋から手代や小僧が出てきた。通りがかりの者が立ち止まって、船着き場に停まった満載の荷船に目を向けた。

「運べっ」

船と船着き場に板が渡され、二番番頭の巳之助が声を上げた。酒蔵の戸も、すでに開けられている。

「えいしょ、えいしょ」

掛け声が上がる。酒樽は重い上に持ちにくい。しかし小僧や人足の動きはきびきびとしていた。卯吉はここで、改めて数を確認する。不審な者が現れないかと目を光らせたのは、茂助と寅吉だった。

今回三艘は、どれかが先になったり遅れたりすることはなかった。着いた順に、荷下ろしが行われた。何事もないままに、九百樽の稲飛は武蔵屋の酒蔵に納められた。

「ほっといたしました」

東三郎が、笑顔で卯吉に声掛けをしてきた。それは卯吉も同じだった。あとは売るばかりだと、気持ちが昂る。

また酒代は灘の蔵元大西屋へ、輸送の代は今津屋の江戸店に支払う。合わせて五百両あまりだ。

「来月の末までにお願いいたします」

東三郎はそう言って、共に来ていたお結衣と引き上げた。これは前から決まっていることで、約定(やくじょう)を記した文書を取り交わしている。払える段取りになっているから、不安はなかった。

「今日は、無事に済みましたね」

卯吉が茂助に言った。叔父には、ねぎらいたい気持ちが大きかった。それでも河岸道での立ち話だ。お茶一杯出せない。どれほど世話になっても、お丹や市郎兵衛、乙兵衛などは茂助を相手にしないからだ。先代市郎兵衛の、囲い者の弟だという腹がある。

茂助は店の敷居を跨ぐことはなかった。

「おれは武蔵屋のために力を貸すのではない。卯吉、おまえのためだ」

叔父は、よくそう言う。

「無事ではあったがな、不穏な気配がなかったわけではないぞ」

鋭い眼差しを、新川堀の対岸にやった。

「何をするわけでもなかったがな、得体の知れない深編笠の浪人者と、菅笠(すげがさ)を被(かぶ)った遊び人ふうが、向こうから荷下ろしの様子を見ていた」

気がついた茂助は、向こう岸へ回ったが、そのときにはいなくなっていたとか。

「菅笠を被った遊び人ふうは、宗次さんだと思います」

いきなり言ったのは、東三郎と引き上げたはずの結衣だ。いったん引き上げたが、戻って来たのである。それで茂助の言葉を聞いたらしかった。

「そなたも、気づいたのだな」

「はい」

茂助の問いかけに頷いた。お結衣は荷が入る模様を見に来たが、前のこともあるので、河岸の周辺に目をやっていた。宗次が来ると、思ったのかもしれない。

「あの人、今度は浪人と組んで、何かを企んでいる。もう、やめてほしいのに」

悲しげに言った。気づいて近寄ろうとしたが、近付けなかったとか。

「今、自ら名乗り出れば、死罪だけは免れられるかもしれぬ」

茂助が言うと、お結衣は頷いた。直に会って、そうして欲しいと訴えるつもりだったのかと、卯吉は想像した。

「あの人が来ていたことを卯吉さんに伝えたくて、戻って来たんです」

浪人者には、覚えがないそうな。

「あの浪人者が何者か、気になるところですね」

卯吉が呟いた。周囲で浪人者と遊び人ふうの二人連れに気を留めた者は、他にはいなかった。


芝の武蔵屋分家では、稲飛の仕入れは一樽もしていなかった。したがって入荷には、一切関わっていない。次郎兵衛は、卯吉が受け持つ酒を無視したのである。

次郎兵衛も竹之助も、呆然としてこの数日を過ごしていた。そこへ二人の来客があった。槙本寿三郎と与之助だった。

槙本が訪ねてくるのは初めてだ。

「ちょいと、次郎兵衛さんにお話をしておきたいことがありましてね」

与之助が言った。丁寧ではあるが、これまでのような親し気な様子はうかがえない。どこかに冷ややかな気配さえ感じた。

それが次郎兵衛には不気味だった。槙本までが顔を見せるのは驚きだ。ともあれ二人を、奥の部屋へ通した。

部屋には、竹之助も同席させた。小僧に茶を運ばせた。

「篠塚屋清七が、何者かに殺された。不憫なことである」

口を切ったのは槙本だ。感情のこもらない言い方で、本当に不憫だと思っているかどうかは分からなかった。しかし次郎兵衛が気になるのは、それではない。訪ねてきた意図だ。

息を呑んで、次の言葉を待った。

しかし口を開いたのは与之助だった。

「まったくです。しかしながら、それで清七さんが書いた証文がなくなるわけではありません」

槙本が、清七が記した借用証文を懐から出し目の前で広げた。次郎兵衛は、そこにある自分の署名を目にして息を呑んだ。心の臓が、きりりと痛んだ。

借り入れた百五十両はすでに二百十六両になり、月が変われば二百六十両ほどになる。その次の月のことを考えると、息苦しくさえなった。

「だがな、わしらは守銭奴ではない。清七が困っていると申したから用立てた」

「…………」

「その方も、急ぐことはないぞ。来年の三月末までに返せばよい」

問い詰める口調ではない。そこで次郎兵衛は、恐る恐るではあるが、この数日に考えていたことを口にした。

「わ、私は与之助さんから、必ず返せる借用書だと聞いたから、署名をしました。店がすでに他の借金の形に入っているなどとは、知りませんでした。知っていたら、署名などしませんでした」

するとと与之助が、ふんという顔をした。槙本は強面の顔を、ぴくりとも動かさない。ぞっとするような冷たい眼差しだと感じた。

「ええ、私も知りませんでした。知っていたら、勧めませんよ。でもね、最初にお話をしてから受けていただくまでには、数日の間がありました。次郎兵衛さんは、その間に篠塚屋さんについてお調べにはならなかったのですか。調べもしないで、保証人の署名をなさったのですか」

穏やかな口調だが、少しも譲らないぞという強さがあった。「調べもしないで」と告げられると、返す言葉がなかった。

商人としての甘さを責められたのである。減額もしくは利息をなしにしてもらいたいと願う腹だったが、拒絶されたと悟った。

「返せるときに、返せばよい。ここは新川河岸では指折りの大店の分家だからな。こちらは案じておらぬ」

言いたいことだけ口にすると、槙本と与之助は引き上げていった。

二人が店から出るのを見送ると、次郎兵衛は全身から力が抜けて、上がり框にへたり込んでしばらくは立ち上がることもできなかった。

竹之助にいたっては、二人がいる間、一言も言葉を発することができなかった。

七

卯吉は乙兵衛と、稲飛の残金支払いについて打ち合わせをした。

「明日にも、七両二分の入金があります。それを合わせると四百七十両になります。しばらく他の支払いはありませんから、問題はありませんよ」

数字は頭に刻み込まれているはずだが、それでも乙兵衛はもう一度算盤を弾き直してから口にした。やっとのやり繰りだが、払えない状況には至っていない。ぎりぎりのところで、大店の体面と信用を保っていた。

卯吉は、荷が着いたその日から急かしていた。灘の大西酒造への支払いは四百六十両で、それだけでも先に送金することができたからだ。しかし乙兵衛の動きは、緩やかだった。

手元へ、ぎりぎりまで現金を置いておこうとしたのである。

「二年前ならば、こんな綱渡りのようなことはなかったんだけどね」

乙兵衛は漏らした。資金繰りに、いつも苦しんでいる。

こうなったのには、見栄っ張りなお丹や市郎兵衛の放漫な商いが影響をしている。高値の酒に手を出して売れなかったり、役者を使った無駄な宣伝をしたり、顧客への過剰な接待といったものが影響をしていた。市郎兵衛の、吉原での遊びもこれに加わる。

また次郎兵衛のために、芝の表通りに分家の店を出した。土地を求め店を新築した。この費用も馬鹿にならなかった。このためにいくつかの家作を手放している。

「どうしたものか」

愚痴めいたため息交じりの声が漏れる。しかしお丹や市郎兵衛に、毅然としてものを言えない己にも責があることは、頭に入れない人物だった。

そこへばたばたと足音を立てて、敷居を跨いで店に入ってきた者がいた。次郎兵衛だった。憑き物でもついたかのような顔で、強張っていた。吹き出る汗を拭おうともしなかった。

「いらっしゃいませ」

乙兵衛を含めた奉公人たちは声を上げたが、耳には入らなかったのではないかと思われた。履き物を乱して上がった。そのままお丹や市郎兵衛がいる店の奥へ、ずかずか歩いて行った。

居合わせた奉公人たちは、何事だと後ろ姿に目をやった。

卯吉はその姿を見て、腹の底がじんと熱くなるのを感じた。いよいよやって来た、と思うからだ。苦々しいものが胸に込み上げた。

次郎兵衛は、室賀家への借金問題がにっちもさっちもいかなくなって、助けを求めてきたのである。今日か明日かと予想はしていた。

茂助からは、早めに大西酒造への為替を用意しろと告げられていた。次郎兵衛が泣きついてくると見越していたからだ。

「その返済に、お丹は稲飛の支払いの金を回すと言いかねないからな」

「まさか」

卯吉は耳を疑った。期限を守っての支払いは、店の信用の基本である。それができないとなれば、単に大西酒造だけの問題ではなくなる。話は灘の各酒造に伝わって、出荷を躊躇う者も出てくる。

これまでの信頼を失うということだ。卯吉は、そこまではしないで、金は何とかするだろうとの考えだった。金を貸してくれそうな親類は、大和屋を含めて何軒かある。武蔵屋は、まだ親類縁者に見放されるような立場にはなっていなかった。

次郎兵衛が奥に駆け込んだところで、卯吉は耳を澄ました。お丹や市郎兵衛がどんな反応をするか、気になった。

奥はしんとしている。しかししばらくして、お丹の何か叫ぶ甲高い声が聞こえた。ただ何を言ったのかは、聞き取れなかった。またそれは、一度だけだった。

店の中は、それでしんとなった。

そして乙兵衛と卯吉が、奥の部屋へ呼ばれた。

「私もですか」

卯吉は驚いた。自分が奥の部屋へ呼ばれるなど、ほとんどないからだ。

部屋には、お丹と市郎兵衛、次郎兵衛に乙兵衛、そして卯吉がいる形になった。

お丹と市郎兵衛は、顔に怒りと苛立ちを浮かべている。次郎兵衛を睨みつけていた。当の次郎兵衛は目を赤くして俯き、現れた乙兵衛や卯吉には顔を向けなかった。

その姿は、不貞腐れているように見えた。

新たな二人が腰を下ろすと、居住まいをただしたお丹が口を開いた。

「次郎兵衛が善意でしたことが、仇になった。借りてはいない金子二百十六両を、急ぎ返さなくてはならなくなってしまってね」

約定を綴った証文の写しを、乙兵衛に見せた。

乙兵衛は文字を目で追ううちに、指先が震え始めた。読み終わったときには、驚愕といっていい表情になっていた。とんでもない証文だと気づいたからだ。

「な、何でこんな証文に署名を」

乙兵衛が言いかけると、お丹が遮った。

「それはもう済んだことだからね。今さら口にしても始まりませんよ」

有無を言わせぬ言い方で、乙兵衛は言葉を呑んだ。しかしそれで、動揺が消える気配はない。卯吉がその証文を手に取ろうとすると、市郎兵衛がひったくってお丹に渡した。

卯吉に読ませるつもりはないらしかった。読まなくても、卯吉は証文の中身については丑松から聞いている。

「で、どういたしますんで」

怯んだ声で、乙兵衛は問いかける。お丹も市郎兵衛も、店に余分な金がないことは分かっているはずだった。

「うちで払うしかないだろう。来月になれば、二百六十両ほどになってしまうからな」

苦々しい顔で、市郎兵衛が応じた。

「ですがそのような金子は」

乙兵衛は途方に暮れている。お丹はそれにはかまわず、腹を決めたように言った。

「稲飛の支払いに使う金子を回します」

「い、いや。そ、それでは、約定を、破ることになります」

声が震えている。それはとんでもない話だと、分かるからだ。しかしここまで言ってしまったら、もうお丹は引く女ではないと分かっていた。

乙兵衛と卯吉を呼んだのは、意見を聞くためではなかった。決めたことを伝え、指図したように動けと命じるためだ。

しかし卯吉にしてみれば、黙って「はい」と頷くわけにはいかなかった。

「払わなければ、灘での武蔵屋の信用は失われます」

穏やかに口にしたつもりだった。茂助が予想した通りになっている。自分の考えが甘かったと悟らざるを得なかった。

次郎兵衛を溺愛していたのは分かるが、ここまで盲目になるとは思わなかった。店の信用よりも大事だということになる。

しかしだからといって、ここで引くわけにはいかない。伝えなくてはならない手立てはあった。

返済はいつかはしなくてはならない。先延ばしができないのは明らかだ。しかし武蔵屋の信用を保ったうえで返済する手立てがあるとすれば、稲飛を売った金子でするしかなかった。売れ行きは悪くはないから、一月あればそれなりの金子が入る。そのためには高利の利息も仕方がない。

まずは灘での信用を守るのが第一だ。「信用は金では買えない」というのが先代市郎兵衛や吉之助の口癖だった。

しかし市郎兵衛は、卯吉の言葉を反抗と受け取ったらしかった。

「おまえの思案など聞いていない。おまえは命じられたことをやればいいんだ」

苛立ちや怒りを、卯吉に向けただけだった。

「借金を返した残りの金子を、まずは送る。残りは稲飛が売れたところで返せばいい。あの蔵元はまだ小さい。泣いてもらえばいいでしょう。大きなところさえ摑んでいれば、後は何とかなります」

お丹が被せるように続けた。甘いと思うから、やはり黙ってはいられなかった。

「では、大和屋さんに借りたらどうでしょう」

勘十郎に借りるのである。勘十郎ならば、無利子か低利で貸すだろう。

「馬鹿なことをお言いじゃないよ。何であんなところから」

お丹と勘十郎は、表向き何事もないように親戚づきあいをしている。しかし二人は、前から不仲だった。頭を下げたくはないのだ。

しかし事ここに及んで、見栄など張っている場合ではないはずだった。何を優先させるかは、言うまでもない。

実はもう一つ手立てはある。分家を始末して店を売り、その代金を返済に充てるというものだ。分家が続けば、こういうしくじりの尻拭いをこれからもしなければならないことになる。ただそれを口にしたら、烈火のごとく怒るだけだろう。

ここで市郎兵衛が、言葉を引き取った。

「そこまで言うならば、稲飛の支払いに不足となる分二百両何がしを、おまえが用立ててこい。もともと稲飛は、おまえが進めてきた商いだ」

「そうだね、そうしてもらおう」

お丹も加わった。

「利息の変わらない今月の内にだ。主人に意見をするくらいだからな、できないとは言わせないぞ」

要するにお丹と市郎兵衛は、自分に分家の始末を押し付けるつもりだったのだと知った。

このやり取りの間、乙兵衛は一言も口を利かなかった。

次郎兵衛は、そこまで聞いて、部屋を出て行ってしまった。卯吉には、一瞥も寄こさなかった。自分のしくじりでこうなったという自覚はないようだ。

「気に入らないならば、店から出て行ってもらってもいいんだよ」

お丹は冷ややかに言った。

第四章　青山原宿村(あおやまはらじゅくむら)

一

篠崎屋清七の借用証文は、次郎兵衛だけの問題ではなく、武蔵屋本家の借金としてお丹が引き取る形になった。お丹と市郎兵衛は、次の日になっても不機嫌だった。けれどもその処理を実際に押し付けられたのは、卯吉だった。乙兵衛は言葉を一言も発しないことで、己(おのれ)に厄介事(やっかいごと)が来ないように逃げた。

その経緯を、卯吉は茂助と丑松には伝えておこうと思った。まず茂助が逗留(とうりゅう)している、八丁堀(はっちょうぼり)にある旅籠(はたご)へ行った。

今日も朝から日差しが強い。暑くなりそうだった。蟬(せみ)の音が、途絶えることなく聞こえる。

茂助は町を廻って祈禱の依頼を受けるが、歩く場所が決まっているわけではないから、卯吉に付き合うことができる。芝に向かいながら、昨日のやり取りを伝えた。

「お丹のやつ、愚かな倅を庇うだけでなく、始末をおまえに押し付け、ついでに店から出そうとまで図ったか。市郎兵衛と同様、目先のことしか見ない女だな」

聞き終えた茂助は、うんざりした口調で言った。歩いているだけで、汗が滲み出てくる。それを手で拭った。

「あの母子は、そうやって身代を細らせてきた」

と付け足した。

芝浜松町の武蔵屋分家から、丑松を呼び出した。丑松は待っていた様子で、店から飛び出した。

「署名をするだけで、分かっていること、見聞きしたことを互いに伝え合った。

「署名をするだけで、大身旗本家の用達になど、なれるわけがない。ろくに確かめもしないで。あいつは甘すぎる。そのくせ偉そうな顔をしやがって」

丑松は主人を、「あいつ」呼ばわりした。もちろん新川河岸の母親のもとへ駆け込んだことは知っていた。そして稲飛の入荷があった日に、槙本と与之助が来たことを伝えて寄こした。部屋近くの廊下で、やり取りを聞いていたのである。

「昨日、新川河岸から戻って来たときは、あいつ、もう荷を背中から下ろしたような顔をしていたぜ。竹之助もな」

　次郎兵衛は竹之助に顛末を伝えると、酒を飲みに出た。そして夜更けた頃に、白粉のにおいをさせて帰って来たという。怒りが収まらない、といった様子だ。

「しかし借用証文がある以上は、金は返さねばならぬぞ」

　茂助が口にした。腹立ちはあるにしても、それは抑えた口ぶりだった。怒りは置いて、どうするかを考えなくてはならない。

「お丹は、すぐに返すのか」

「今月中には、返すようです」

　月ごとの利息だから、月末までは変わらない。

　それでもお丹は、金策はするつもりらしかった。もちろん自分が動くのではない。乙兵衛や巳之助などの番頭を使うのである。

「しかし、そんな金を返すのは悔しいですね」

　これは卯吉の本音だ。証文だけのやり取りで、実際に金のやり取りはなされていないとも考えられる。もしそうならば、紙一枚で二百両を取られることになる。

「槙本も仲間だと考えるならば、本人や室賀家についても調べてみなくてはなりませんね」

「うむ。死人まで出た借金騒動だからな。おめおめ二百両を取られてたまるものか」

卯吉の言葉に、茂助が頷いた。

「まったくです」

丑松も頷いた。

ここで卯吉と茂助は、酒問屋として室賀家の御用達になっている神田鍛冶町の桔梗屋へ足を向けた。丑松は、与之助の動きを探る。

桔梗屋は間口五間の店で、品揃えも豊富な店だった。武蔵屋との付き合いはないが、店の名は、卯吉も耳にしたことがあった。

店に入ると、夏羽織姿の初老の番頭ふうが、品の検めをしていた。

「ちと伺いたいことがあります」

旗本室賀家の仕入れぶりについて、話を聞きたいと告げたのである。

「あんた、何者だね」

怪訝な顔を向けた。顧客との商いについて、見も知らぬ者に話すわけがないだろうという眼差しだった。

「商いの、邪魔をするつもりはありません」

と応じたが、相手は野良犬を追い払うように手を振っただけだった。

そこで茂助が、口を挟んだ。

「この者は、新川河岸の武蔵屋の三男坊でな、顧客を取ろうというものではない。吉之助殿に、目をかけられていた者だ」

すると相手の目つきが変わった。

「吉之助さんですか」

知っているらしかった。卯吉は、懐に入れている稲飛の販売の綴りを見せた。表紙には、武蔵屋の文字が記されている。

「稲飛は、売れているそうじゃないですか」

「はい、お陰様で」

ということになった。結城屋の番頭は、吉之助とは下り酒商いの者の寄り合いで、何度も顔を合わせたという。宴席で、並んで酒を飲んだこともあったそうな。

「いろいろと、教えてもらいましたよ」

様子が変わった。上がり框に腰を下ろして、問いかけに答えてくれた。

「旗本屋敷は、どこも内証は厳しいと聞きますが室賀家ではいかがでしょうか」

「買い入れの量を減らされたり、値切られたりしたことはありますよ。ご用人の槙本様は、なかなかに吝い方です」

「では、百五十両の金子を、一年の間遊ばせるゆとりがあるでしょうか」

ここが聞きたいところだった。

「それは無理でしょう。殿様も奥方様も、たいへんしまり屋です」

財政逼迫というほどではないにしても、ご大身なりに、支出も多いのではないかと言い足した。

「では槙本様は」

「金子には細かいお方ですね。袖の下次第では、対応が変わります」

「なるほど」

金には汚い男らしかった。

「でもあの方は、何とか流とかの、剣術の達人だと聞きましたよ」

借金には関わりないが、情報としては有意義だった。

他に室賀家の御用達で知っている店はないかと尋ねたら、足袋屋と蠟燭屋を教えてくれた。

「お世話になりました」

礼を言って、桔梗屋を出た。話を聞けたのは、吉之助のお陰だ。すでに亡い大番頭が、助勢をしてくれたのだと思った。

足袋屋と蠟燭屋へ行った。桔梗屋の番頭の名を出したので、聞き出すのに手間はかからなかった。

「十両や二十両ならばともかく、百五十両を貸すなんてとても考えられませんね」

足袋屋も蠟燭屋も、桔梗屋で聞いた話とほぼ同じ返答だった。室賀家や槙本が金を出していない可能性は、濃厚になった。

「借りてもいない借用証文のために、篠塚屋清七は殺されたわけですね」

騙した相手には違いないが、不憫な気がした卯吉である。

「いなければ、分け前を与えなくて済むし、口止めにもなるからな」

「手に入った金子は、槙本と与之助で山分けでしょうか」

そうはさせないぞと思いながら、卯吉は言った。

二

寅吉は、清七殺害当夜の汐留橋付近での目撃者を探していた。他に斬った侍に近づく手立てはないと考えるからだった。

すでに近所に住まう者からは、あらかた聞いてしまった。遠方の者で通りすがっただけの者となると、聞き込みのしようがない。

　土地の岡っ引きは、嫌気がさしてもう動かない。同心の田所は、初めから調べをする気はなかった。

「斬った者の目当てはついたか」

「いえ、まだです」

「ぼやぼやするな。調べに手を抜くなよ」

　叱りつけるだけだった。どうせその内に、忘れるだろうと踏んでいる。

　ただ寅吉が探索に精を出すのは、卯吉に頼まれたことでもあるし、背後に大身旗本家や二百両もの金が絡む事件が潜んでいると考えるからだった。

　旗本家や二百両については、田所には伝えていない。伝えれば色気を出して、あれこれ口出しをしてくる。自分では何もしないから、面倒なだけだった。

　ただ調べつくしてしまった感があるのは否めない。事件が起こってから、すでに数日が過ぎている。人の記憶も薄れて行くだろうと、そこは不安だった。

　汐留橋際に、寅吉は立ち尽くす。炎天にさらされて、町全体がやけに白っぽく見えた。橋袂の柳の枝が、川風に揺れて光を跳ね返している。蟬の音が、絶え間なくどこかから聞こえていた。

「おや」

柳の木の根方に、物貰いが蹲っている。薄い蓬髪で骨に皮が張り付いたかと思われるほど痩せていた。顔も体も浅黒くて、かさついた膚は生気がなかった。歳は六十歳くらいか。襤褸雑巾のようなものを身に纏っている。膝の前に置いた欠け茶碗に、鐚銭一枚が入っているのが見えた。

寅吉は歩み寄った。

「昨日は、ここにいなかったな」

殺しの聞き込みをするようになって、初めて見る顔だった。

「へい。腹を壊しやして、臥せっていやした」

「ならば腹を壊す前は、ここで座っていたのか」

「へえ。空いている物置小屋へ入ったら、同じような生業のやつがいて、助けてもらいやした。よくなったもんで、また出て来やした」

顔を見なかった理由が分かった。少し気持ちが引き締まった。自分もかがみ込んで、目線を合わせた。体から発せられる汗混じりの異臭が鼻を衝いたが、それは堪えた。

「腹を壊したのは、いつか」

「ええと、それは」

何日前と、すぐには言えなかった。じっくりと思い出させた、あれこれ言葉を足して、それが清七が殺された日だとはっきりした。

「その日は、いつごろまでここにいたのか」

「ええと、四つ近くまでだったと思いやす。そろそろ町木戸が閉まる頃でした」

そう言ってから、あっという顔になった。表情に怯（おび）えが浮かんだのを、寅吉は見逃さなかった。

「おめえ、殺しの場面を見たな」

寅吉は、腰の房のない十手に手を触れさせて言った。

「ううっ」

物貰いは逃げようとしたが、そうはさせない。腕を摑（つか）んでいた。逃げられないと悟って、覚悟を決めたらしかった。

「へい」

と頷（うなず）いた。聞き取りにくい小声で、ぼそぼそと言葉を発した。

「は、腹が治ったら、ぜ、銭は稼がなくちゃならねえし」

ここへ来るのは、怖かった。ただ闇夜で、こちらの顔は見られていないと考えた。

こんな稼業でも縄張りがあるから、他の場所へは行けない。それで今日から、ここに座ったのだと言った。

「三人連れではなかったか」

「そうです。その内の一人が、提灯を持っていやした」

「それは町人だな。顔を見たか」

「み、見ました。提灯の火を吹き消したとき、顔を近付けました」

斬りつけた浪人者の顔は、見えなかったと告げた。

「ならば、町人の方は、もう一度見れば分かるな」

「た、たぶん」

寅吉が考えたのは、大文字屋与之助である。

名を問うと、物貰いは為造だと告げた。上州無宿で、江戸に縁者などないと話した。

「ついてこい」

有無を言わさず立たせて、大文字屋の近くまで連れて行った。与之助の顔を見させようとしたのである。

中を覗くと、与之助と中年の番頭が、店の奥で話をしていた。

「若い方だ。顔をよく見ろ」

為造は目を凝らした。緊張が顔にあったが、数呼吸するほどの間見てから、首を横に振った。

「ち、違います。あんな顔じゃあなかった」

と言った。

「そ、そうか」

十中八、九、与之助だと思っていた。違うと言われて、落胆は大きかった。ならば須黒の顔も見させようと思った。斬った侍の顔は見なかったと言ったが、今改めて目にすれば思い出すかもしれない。

須黒は高利貸し居駒屋の裏手にある長屋に住んでいた。それはすでに丑松が調べた。まずはそこへ行った。

長屋の井戸端には、洗濯物が干してある。しかし人の姿は見えなかった。暑いから、外で立ち話をする者もいないらしい。

ただ数人の七、八歳くらいの男の子たちが、棒を手にして遊んでいた。寅吉はその一人に問いかけた。

「須黒というご浪人の住まいはどこか」

「あそこだよ」

青洟を垂らした子どもは、指差しをした。戸が閉まっていて、留守らしかった。暑いから人がいれば、どこでも戸を開けたままにしている。

「留守だな」

と寅吉が呟くと、子どもは首を横に振った。

「そうじゃないよ。出て行ったんだ。何日か前に」

どこへ行ったかなど、知っているわけもない。

そこで居駒屋の前まで行った。近くに青物屋があったので、店先にいた女房に問いかけた。

「そういえば、あの用心棒の顔を、この数日は見ませんね」

「どうしたのか」

「分かりませんけどね。やめたのかもしれませんよ。用心棒が変わるのは、珍しくないですから」

こうなると、為造に顔を見させることはできなかった。それでも為造は、重要な目撃者であるのは確かだった。放っておくわけにはいかない。

卯吉のところまで連れて行って、事情を伝えた。

「これはお手柄だ」

驚きと喜びの混じった顔を見せた。初めて、まともな証拠らしいものを手に入れたのである。

「茂助叔父に、預かってもらおう」

卯吉はそう言った。

三

「ぜひうちにも、稲飛を仕入れさせてくださいまし」

これまでまったく付き合いのなかった四谷の小売り酒屋の番頭がやって来て、頭を下げた。よそで稲飛を飲んだ客が、ぜひ仕入れるようにと告げたそうな。

「一人二人ならば聞き流すこともできますが、そうではない数のお客さんから望まれますと、そうもいきません」

番頭は嬉しいことを口にした。

「それは何よりです。稲飛だけでなく、他の品もよろしくお願いいたします」

卯吉は愛想よく言って、新しい客に頭を下げた。武蔵屋はこの二年で、徐々に顧客を減らしている。一軒でも二軒でも、増やせるならば増やしたい。それは稲飛でなくてもいいと考えていた。

武蔵屋を、先代の市郎兵衛や吉之助が生きていた頃のように、泰然としかし活気ある商いをする店にしたい。見栄を張って外見ばかり気にするのではなく、商いの土台を固めたい。それが卯吉の願いだから、客が増えるのは、自分が関わる酒が売れるのと同じくらい嬉しかった。

また仕方がなく少量仕入れた稲飛の評判が思いがけずよくて、改めて仕入れに来る者もいた。

「量を増やして、これからもお願いしますよ」

などと言う。

当初は福泉の方が評判が良かった。けれども今は、稲飛の勢いの方が増している。

桑造は面白くなさそうだが、売れるという事実の前ではどうすることもできない。

卯吉が客の相手をしているとき、お丹と市郎兵衛は店の奥にいて乙兵衛と話をしていた。客が引き上げたところで、お丹が言った。

「稲飛の蔵元大西酒造へ、新たな注文をおし。千樽ほども入れようじゃないか」

卯吉と客のやり取りを聞いていたらしい。稲飛の売り上げを記した綴りを手に取っていた。

「それがいい」

と市郎兵衛も応じた。二人は乙兵衛に言ったのである。

「えっ」

聞いた乙兵衛は、顔に驚きを浮かべた。期限までに残金を払わず、後回しにすると決めていた。信頼を破りながら、その相手に注文をするのかという顔だ。

しかしお丹も市郎兵衛も、それについてはまったく頭にない口ぶりだった。市郎兵衛は最初の仕入れに反対し、売れなければ店を出ろと卯吉に言った。これも忘れている様子だ。

卯吉も知らんぷりをしている。乙兵衛が告げられたのならば、乙兵衛が応じればいいという気持ちだ。関わりたくなかったから、酒蔵へ行こうとした。

すると背中に、お丹の声がかかった。

「卯吉、稲飛千樽だよ。分かったね」

お丹は客がいないところでは、高飛車な物言いしかしない。

そこで卯吉は振り向き、気持ちが出ないようにして返答をした。

「期日までに残金を払えなければ、新たな仕入れは断られると思います」

この言葉を耳にして、お丹ははっとした顔になった。しかし寸刻の後には、憎々し気な眼差しを卯吉に向けた。揚げ足を取られたと感じたのかもしれない。

「何を言っているんだい。期限までに返すんじゃないか。おまえが何とかするという話だったはずだよ」

怒りを抑えない声だった。

「いえ、できるとは申し上げていません。気に食わないならば、店から出て行ってもいいと告げられただけです」

事実を伝えたつもりだった。より穏やかな口調で言ったつもりだ。

卯吉の言葉を受けて、市郎兵衛が身を前に乗り出した。それまでは、卯吉には目を向けなかった。

「そうだ。払えなければ、出て行くという話だった」

ここぞという言い方を市郎兵衛はした。卯吉はそれを無視した。

「私は、残金を払わなければ、新たな仕入れはできないということと、武蔵屋が灘での信用を無くすということを申し上げただけです」

これは分からせなくてはならない。もし分かって言っているならば、口にしていることの不遜を改め、考えを変えなければならないと伝えたかった。それが武蔵屋のためだ。

小さな酒造だからといって、舐めてはいけない。

「何だと」

市郎兵衛は、先日と同じような憎悪の目を向けた。居直ったと受け取ったようだ。お丹や市郎兵衛に、こういう口を利いたのは初めてだ。

どうせ出されるんだ、という気持ちがどこかにあった。

「残金とか、灘の信用とか、いったいどういう話だ」

いきなりそう言った者がいた。野太い声だ。振り返ると、大和屋勘十郎が店の土間に立っていた。

市郎兵衛はそれでしらっとした顔になって、卯吉から目をそらした。

勘十郎は、稲飛のその後が気になって、用事のついでに立ち寄ったと告げた。

「まあまあ、どうぞ中へ」

お丹が、険悪な空気を破るような笑顔になって、上がるように伝えた。このあたりの変わりようは、見事だった。

奥の部屋へは、お丹は市郎兵衛と勘十郎の三人だけで入るつもりだったらしい。しかし勘十郎は、乙兵衛と卯吉にも同席するように言った。

「お陰様で、小売りでの稲飛の売れ行きがたいへん良くて、新たな注文をいただきました」

「それは、何よりではないか」

「ただこちらにも払いについて事情がありましてね。その残金について、少しばかり待ってもらおうという話をしていたんですよ」

作り笑いを浮かべている。大した話ではない、という口ぶりにしていた。次郎兵衛が拵えた借財については触れない。

「信用とは」

「卯吉が、大げさなことを口にしただけですよ」

勘十郎は厳しい眼差しをお丹に向けていたが、それを卯吉に向け変えた。

「事情を、稲飛扱いのおまえから話してみろ。詳しくな」

「はい。灘の大西酒造は小さな酒造です。金のやり繰りは厳しいということで、来月末までには残金を完済する約定で、取り決めを行いました。武蔵屋も、支払う段取りはできていましたので。そうですね、番頭さん」

卯吉は、わざと乙兵衛に振った。

「そ、それは、そうでした」

お丹にちらと目をやってから、乙兵衛は頷いた。どこか怯（おび）えた様子だ。

「しかし早急に支払わなくてはならない金子が必要になり、大西酒造へ支払うはずだったものを、そちらへ回そうという話になりました。それをすると、全額が払えなくなります。私は約定を守ることが、店の信用を守ると申し上げていました」

次郎兵衛の借財については、あえて触れなかった。

「そうか」

勘十郎は腕組みをした。お丹らが無茶をしようとしていることを、察した様子だった。しかしそれで、お丹らを険悪な眼差しで見るような真似（まね）はしなかった。

「支払いをどうするかは、蔵元の大小ではなかろう。商いでの信用の大切さは、お丹さんもよく分かっておいでのはずだ。卯吉、案ずることはないぞ。また何があろうと、手代のおまえに責のすべてを押し付けるような真似もいたすわけがない」

勘十郎は、的確なことを口にした。しかし一応は角が立たないように、遠回しな言い方だった。なぜ必要な金ができたか、問い詰めもしなかった。

お丹の性質を踏まえて言っていた。発言力のある立場にはいるが、居丈高ではなかった。

「もちろんですよ。これからの商いに大切な相手ですから、支払いの期限を違（たが）えるようなまねはいたしませんよ」

得心した顔で、お丹は言った。

聞いた勘十郎は、長居をしないで引き上げた。すぐに市郎兵衛が、足音を荒らげて自分の部屋へ行った。残った乙兵衛が、お丹に問いかけた。

「では稲飛の支払いを、期日通りに行ってよろしいわけですね」

その一言で、お丹の顔が怒りに満ちた。

「何を言っているんだい。今のは、大和屋の前だから調子を合わせただけだ。いい歳をして、そんなことも分からないのかい」

「そ、それは」

「次郎兵衛の店を、潰そうというのか」

吐き捨てるように告げると、手を振って立ち去るように命じた。卯吉には、一瞥も寄こさなかった。

四

北新堀町の今津屋には、船頭や水手の出入りが多い。ご府内の輸送に関わる者だけでなく、西宮から遠路の船旅をしてきた者も顔を出す。泊まって行く場合もあった。

品川沖に千石船が着いたので、荷を受け取ってきた。その荷船が三艘戻って来たところで、船着き場も河岸道も、賑わっていた。

船を操る男たちは、力自慢が多い。喧嘩っ早い荒くれ者も少なくない。だから数人の破落戸が何か言って来ても、びくともしない。絡んでくる者もいなかった。

お結衣にとっては、河岸道や船着き場は、安全な場所だといってよかった。何かがあっても、一声叫べば力自慢が集まってくる。

ただお結衣が一人で外出すれば何があるか分からないので、そのときは手の空いている船頭や水手が傍らについた。夜間の外出はしない。

宗次の行方が知れないままだからだ。不審な者がいたら知らせろと、東三郎は出入りの者たちに伝えていた。

店の奥で茶の用意をしていたお結衣のもとへ、水手の一人がやって来た。

「変なやつが、こちらの様子をうかがっています」

と伝えた。歳の頃や、外見を聞いた。

「やくざ者の、二枚目ですよ」

不快な口ぶりだ。歳の頃も、宗次と重なった。心の臓が、熱くなった。

「あの人は、私を恨んでいる」

と思った。その恨む気持ちの奥には、自分へのこだわりがある。

「さんざん、勝手なことをしているくせに」

そう思いながら、水手と二人で、裏手から外に回って姿を検めた。

「あいつですよ」

水手は指差しをした。土手に近い柳の木陰に身を置いている。頭から手拭いを被り顎で結んでいるが、顔は分かった。

「ああ」

やはり宗次だった。憐れむ気持ちもあったが、執念深さにぞっとするくらいの嫌悪もあった。

「どうしたんです」

そこへ声を掛けてきた者があった。平底船の船頭惣太だった。千石船からの荷運びを手伝って、今津屋へ来ていたのである。

「いえね、ちょっと」

そう言っているうちに、宗次は柳の木の傍から離れた。去ってゆく気配だった。お結衣は慌てた。そのまま見送るわけにはいかない。

「あの人の行き先を、気づかれないようにつけてもらえませんか」

と惣太に頼んだ。

「私を攫おうとした宗次という人です」

お結衣は告げた。ただつけてくれでは、申し訳ないと思った。

「お安い御用だ」

新川堀に入る前に、稲飛を奪おうとした者の一人だと察したらしかった。惣太はあのとき船を出していたから、まったく無関係とはいえなかった。

事情もある程度、分かるはずだ。ただお結衣と惣太は、次郎兵衛の借金のことは知らない。

惣太はそのまま、宗次の後をつけた。


炎天の日差しの下は、歩いているだけでも焼け付くようだ。水上にいるのとは違う。それでも惣太は、つけている相手が悪党だと思うから慎重につけた。

霊岸島と八丁堀を経て、日本橋界隈に出た。はしはしと歩いて行く。通り過ぎる町筋に、気を取られる気配はなかった。立ち止まることもないまま、京橋を渡り芝口橋も通り過ぎた。

そこでもまだ、足取りは緩まない。

「いったい、どこへ行きやがるんだ」

額や首筋に噴き出す汗を拭いながら呟いた。さらに歩いて行くと、増上寺の杜から溢れ出てくる蟬の音に、体が包まれるように感じた。

大門前を通り過ぎ、金杉橋を渡ったところで右に曲がった。金杉川に沿って、西へ歩いて行く。

金杉川へは、荷を積んで来たことはあるが、陸路を歩くのは初めてだった。赤羽橋を過ぎると武家地になり、さらに行くと鄙びた町に出た。寺が並ぶ一画を過ぎると、一面の畑地が現れた。

「江戸を通り過ごしちまったじゃねえか」

呟きになった。

宗次が立ち止まったのは、畑の間にある廃屋といっていい建物の前だった。傍まで近寄り、そのまま中に入った。

見ている惣太の心の臓は、それだけで早鐘を打ち始めた。

怯む気持ちもあったが、惣太も敷地に入って、建物の傍で聞き耳を立てた。微かな話し声が聞こえる。とはいえ話の内容は分からない。

しばらく様子を見ることにした。畑の道を通る農婦がいたので、歩み寄ってここはどこかと問いかけた。

「青山原宿村ですよ」

という返答があった。初めて耳にする村の名だった。

四半刻ほど見張っても、何も起こらない。強い日差しと蟬の音があるばかりだった。じっとしていると、藪蚊までが現れてきた。

「おお」

ようやく人の姿が現れた。廃屋から出てきたのは、三十歳をやや過ぎたと思われる浪人者だった。宗次よりも、はるかに荒んだ気配を宿している。身動きに隙が無く、腕利きなのだろうと察した。

宗次とどういう関わりがあるかは分からない。ただ無縁の者ではないだろうと判断した。つけてみることにした。

間をたっぷり空けた。気づかれたならば、宗次よりも厄介な相手だと感じている。畑の道から、鄙びた町に出た。宗次が歩いてきたのを、戻る道筋だった。赤羽橋を経て、金杉橋の袂に出た。立ち止まることもなく、橋を北に渡った。

立ち止まったのは、芝浜松町の畳商いで大文字屋という店の前だった。迷う様子もなく、敷居を跨いだ。

浪人者が、畳商いの店で買い物をするわけがない。何か関わりがあるのだと、惣太は察した。

しばらく様子を見ていると、小僧が出てきて道に水を撒き始めた。惣太はその小僧に近づいた。

「少し前に、浪人者が入って行ったな」

鐚銭十枚ほどを握らせてから、問いかけた。

「へ、へい」

わずかに怯えた顔になったが、銭を返そうとしたわけではなかった。

「名は分かるかね」

「須黒弥八郎様です」

「店の用心棒か」

「そうではないと思います。でも旦那さんとは親しいようで、一緒にお出かけになることは珍しくありません」

二人で何をしているかは分からない。

小僧を解放して、木戸番の番人と近くの仏具屋の番頭に尋ねた。どちらも浪人者が出入りしていることに気づいていたが、名までは知らなかった。

「町で面倒を起こしたことなんて、一度もありませんよ」

番人はそう言った。

怪しげな者には違いないが、今日はここまででいいだろうと惣太は考えた。それで今津屋へ戻って、お結衣と東三郎に詳細を話した。

「青山原宿村とは、お尋ね者らしい隠れ家ではないか」

話を聞いた東三郎は言った。そして岡っ引きの寅吉と卯吉にも見聞きしたことを伝えてくれと頼まれた。

五

惣太から話を聞いた卯吉と寅吉は、早速青山原宿村へ向かうことにした。卯吉は乙兵衛に、稲飛の販売のための外出だと伝えている。顧客を訪ねるとなれば、出るなとは言われない。

卯吉は飯倉新町まで、酒を届けたことがある。寅吉は一度だけ、増上寺へ参拝に行った。どちらもそれ以上先へ足を向けるのは初めてだった。

大まかな道筋は、惣太から聞いている。寺や武家地、鄙びた町を抜けて畑地の広がる場所へ出た。目を凝らして見ると、茄子や瓜、大豆、玉蜀黍などが植えられている。通りかかった農婦に、ここが青山原宿村であることを確かめた。

さらに見渡すと、一軒の廃屋が目についた。雑木が繁っていて、建物には蔦が絡まっている。いつ崩れてもおかしくない状態だった。

「あそこに、人が住み着いているようですね」

「ええ、得体の知れない人たちです」

農婦は、険しい眼差しを廃屋に向けた。しかし騒ぎを起こしたり、村人に迷惑をかけたりすることはないと言い足した。それで村人たちは、住み着いていることを見て見ぬふりしているらしかった。

そこでしばらく、様子をうかがうことにした。

「宗次の野郎が出てきたら、有無を言わさずふん縛ってやる」

寅吉は意気込んだ。中の様子が分からないので、踏み込むまでは考えていない様子だった。いなければ、他の者との間で騒ぎになるだけだ。

「捕えるのもいいが、少し動きを見てもいいのではないか」

卯吉は告げた。宗次が浪人須黒と同様に与之助と繋がりがあるならば、何を企んでいるのか、なぜ繋がったのかを知りたいと伝えたのである。

「なるほど。つけて様子を見るわけだな」

寅吉は反対をしなかった。

半刻ほどして、中年の無宿者ふうが出てきた。薄汚れた半纏（はんてん）姿で、無精ひげと月代（さかやき）が伸びている。道を歩き始めたところで、卯吉が声をかけた。小銭を握らせ、廃屋についで尋ねた。

「あそこには、六、七人がいるけどよ、名乗る者もいるし名乗らねえ者もいる。何をしているのかも知らねえ。他に行く場所がねえから、あそこにいるだけだ」

それで行ってしまった。廃屋は、あぶれ者の吹き溜まりになっているらしい。

「ああいうところには、お尋ね者や仇持（かたきも）ちが潜んでいるもんだ」

寅吉は言った。

さらに四半刻ほどして、道中合羽（がっぱ）と三度笠を手にした股旅者（またたびもの）が出てきた。江戸を離れる者かもしれなかった。そこでこれも少しつけてから、卯吉が声を掛けた。

「これから、江戸を出るんですね」

「ならばどうだというんだ」

警戒する面持ちになって、こちらに目を向けた。

「路銀を稼ぎませんか」

卯吉は五匁銀を見せた。いざというときには、銭を惜しむなと茂助の前にあった動きから学んでいる。しかし無駄遣いはしない。

手渡すことはしないで、五匁銀を握りしめた。答えてくれたら渡すという態度を示したのである。もう廃屋に戻らないならば、金のためには何でも話すだろう。

「宗次っていう遊び人ふうがいませんでしたか」

「ああ、いたね。あんな場所には似合わねえ、色男だな」

股旅者は頷いた。

「いつ頃からいますか」

「もう一月近くになるんじゃねえかな。須黒とかいう浪人者と一緒に転がり込んできた」

詳しく聞くと、最初の稲飛が入荷する頃と重なった。

「どうして知り合ったか、聞きましたか」

「荷船に何かやらかした宗次が、しくじって逃げた。そこをあの浪人者が助けたってえ話だがね」

具体的なことは知らない様子だ。はっきりと聞いたわけではない。いろいろな話を耳にして、こんなところだろうと判断した内容だ。

「今は、須黒の子分のようなことを、しているわけですね」

「どこかの商家の若旦那みたいなのと三人で、何日か前に酒を飲んでいる姿を見かけたぜ」

赤羽橋に近いひょうたんという居酒屋だそうな。宗次はまだ廃屋にいて、須黒は朝からいないと話した。ここまで聞いて、五匁銀を与えた。金額分の情報は得られたと思った。

「新川河岸での稲飛の入荷の様子を見に行って、騒動があった。水に身を投げた宗次を、武蔵屋に恨みがある者と見込んで、須黒が拾ったのではないか」

「そんなところでしょうね」

寅吉と卯吉は話し合った。

宗次がまだ廃屋にいるならば、見張りをやめるわけにはいかない。しかしひょうたんへも行ってみたかった。寅吉が見張りを続け、卯吉が居酒屋へ行くことにした。

増上寺の裏手で、赤羽橋に近い居酒屋ひょうたんはすぐに分かった。店の軒下に瓢簞形の提灯がぶら下げられていた。まだ店を開く刻限ではないので、商いはしていない。

戸が開け放たれていて、おかみらしい中年女と若い女中が掃除をしていた。

卯吉はそこへ入って、話を聞かせてほしいと頭を下げた。浪人者と遊び人、それに商家の若旦那ふうの三人に見覚えがないかと尋ねたのである。

「ええ、何日か前に来ましたね。おかしな取り合わせだと思ったので覚えていますよ」

女房が言った。女中も頷いた。この一月の間に、三回か四回くらいは来ているだろうと言い足した。

「名が分かりますか。宗次とか須黒とか、呼び合うことはありませんでしたか」

「さあ、名を呼び合うことはあったかもしれないけど、覚えていませんね。いちいち聞いているわけではありませんから」

と言われれば、もっともだと思われる。当然、どのようなことを話していたかも分からない。

「酒樽がどうこう、というのは聞いた気がします」

若い女中は言ったが、それだけではどうにもならない。しかし他に浪人を交(まじ)えた三人組はないというので、須黒と宗次なのは間違いないと思われた。ただもう一人が与之助であるという断定はできなかった。

そこで卯吉は、女中を少しの間だけ貸してくれないかとおかみに頼んだ。五匁銀を握らせている。大文字屋へ行って与之助の顔を見させようと考えたのだ。

「長くちゃ困りますよ」

おかみはそう言った。

女中を連れて、浜松町二丁目へ行った。大文字屋の店の中を覗(のぞ)かせたのである。店の奥に、与之助の姿があった。

「ああ、あの人でした」

女中はあっさりと言った。これで須黒と宗次、それに与之助が繋がっていることがはっきりした。

居酒屋ひょうたんへ戻った。

卯吉はおかみに礼を言い、さらに五匁銀一枚を渡して頼みごとをした。

「次に三人がやって来たら、どのような話をしていたか、聞いてもらえませんか」

もちろん商売があるから、ずっと耳を澄ましているわけにはいかないだろう。しかし気に留めていてもらえば、言葉の断片くらいは聞き取れるのではないかと期待した。

「いいですよ。できるだけでよければ」

五匁銀二枚を得たことになる。おかみは嫌な顔はしなかった。

今日は五匁銀三枚を使った。卯吉は手代だから、少ないとはいえ給金をもらっている。それを奮発したのだった。もったいないとは思ったが、他に使い道はない。たまにはいいだろう。

青山原宿村へ行って寅吉と会い、居酒屋ひょうたんでの仔細(しさい)を伝えた。宗次については、一、二日は泳がせようと話し合った。

「おれは、夜になるまで見張るぞ」

卯吉は店に戻らなくてはならないが、寅吉はここにいられる。動きがなければ、明日も朝から見張ると言った。

六

翌朝、卯吉はしなくてはならない店の仕事を手早く済ませて、茂助が逗留する八丁堀の旅籠へ行った。手には棒術の稽古(けいこ)に使う樫(かし)の棒を手にしている。

建物は古く、見るからに安そうな旅籠だ。

茂助は金持ちからは多額の祈禱料を取るが、貧しい者には十文二十文でもやってやる。懐具合は、そのときによってずいぶんと違うらしかった。

茂助は留守だったが、物貰いの為造を呼び出した。清七殺しの場面を見た男である。闇で殺した浪人者の顔は分からなかったが、提灯を吹き消した町人の顔は分かったと証言している。それで茂助に預けていた。

「これは」

現れた男は、卯吉にぺこりと頭を下げた。その姿を見て、卯吉は息を呑んだ。別人かと思ったくらいだった。

木綿物の古着とはいえ、汗や埃の染み付いたような代物ではなかった。月代も剃(そ)って、髷(まげ)を結っていた。歳も初めに見たときよりも五、六歳は若く感じた。湯にも入ったらしく、悪臭はまったくなくなっていた。

大事な証人だ。茂助が世話をしたらしかった。

「ついてこい。顔を見るぞ」

そう告げると、為造はわずかに怯(ひる)む気配を見せたが、腹は決まっているらしかった。人を殺した浪人者の顔を検めるのである。緊張があるのは当たり前だろう。

茂助には、事情を記した文を拵(こしら)えた。戻ったら渡してくれと、旅籠の者に預けた。

京橋から芝を通り過ぎて、青山原宿村へ行った。廃屋からそう離れていない場所に、小さな地蔵堂があって、その陰で寅吉が廃屋を見張っていた。

「昨夜宗次は、外へ出なかった。今朝も夜明けてすぐにここへ来たが、まだ姿を見せていねえぞ」

というので、日陰を選んで出てくるのを待つことにした。今日も暑そうだ。蟬の音が、耳にこびりついて離れない。

一刻待っても、誰も出てこない。卯吉はじりじりした気持ちになってくる。さすがに寅吉は岡っ引きなだけあって、辛抱強い。たまに伸びをしたり足を曲げたりするが、廃屋から目を離さない。

どこか近くで、数匹の虻が唸りを発している。為造は身じろぎもしないで、廃屋に目をやっていた。

「窮屈ではないか」

と問いかけると、あっさりとした返事があった。

「おれは毎日、じっと座って俯いていやす。銭を貰ったら頭を下げますが。強い日差しだろうが、雪の日だろうが、お足を頂戴できるならば、一日中だって座っています」

「そうか、物貰いも楽ではないな」

妙なことに、感心した。

さらに半刻以上が過ぎた。そろそろ九つになる刻限だった。廃屋から、人が出てくる気配があった。

「宗次だぞ」

寅吉が、低い声で言った。待ち伏せている三人に、緊張が走った。

「よおく見ろ。違うならば、違うと言ってよいのだぞ」

「へ、へい」

為造は身を乗り出した。目を凝らしている。宗次は、畑の道を歩いて行く。なかなかに足早だ。

「どうだ」

寅吉が落ち着かない口調で言った。宗次は通り過ぎてしまいそうだが、為造はまだ決断がつかないらしかった。

考えてみれば、提灯の火を消そうとした短い間に見ただけの顔である。すでに日にちもだいぶ過ぎていた。迷ったとしても、仕方がないと思われた。

そしてここで、為造は声を上げた。

「あ、あれです。間違いありません。汐留橋にいた男です」

「そうか、確かだな」

「はい」

為造も寅吉も、興奮しているらしく声が高くなった。卯吉の腹が、一気に熱くなった。

こうなったら、泳がせる必要もない。捕えて責め、与之助や須黒、さらには槙本の関与を白状させればいい。

だがこのとき、宗次がこちらに目を向けた。為造や寅吉が上げた声に、気づいたらしかった。驚愕(きょうがく)の目を向けている。

そして一瞬の後には、走り出していた。こちらは三人だから、争う気持ちなどない様子だ。

「くそっ」

卯吉も後を追って駆け出す。寅吉も為造も同様だ。炎天の日差しなど、気にしていられない。

畑の道に、土埃が舞う。宗次はなかなかに俊足だ。卯吉は必死で追いかける。毎朝やる棒術の稽古で、足腰は鍛えていた。

少しずつ間隔が縮まった。もうすぐ町屋に出る。その前に捕えたかった。

「やっ」

樫の棒を、足元目がけて投げつけた。

びゅうと音を立てて飛んだ棒は、宗次の足に絡んだ。

「わあっ」

勢いのついた体は、もんどりを打って前に倒れた。体だけでなく、顔面も地べたにぶつけていた。駆け寄った卯吉は、宗次の腕を摑んだ。捩じり上げていく。

「痛ててっ」

宗次は悲鳴を上げた。だがそのとき、駆け寄って来た者がいた。寅吉や為造ではない。深編笠の浪人者だった。

腰の刀を、一気に抜き放っている。

卯吉は宗次の体から飛びのいた。地べたに転がっている樫の棒を摑んだ。

「くたばれ」

構えるゆとりもないところで、相手の一撃が襲ってきた。棒を振るって、何とか弾いた。そのまま二の腕目がけて突き込むが、躱された。向こうの刀身がくるりと回転して、こちらの肩先を襲ってきた。

棒と刀では長さが違うが、それを気にする動きではなかった。素早いだけでなく、身ごなしに無駄がなかった。

卯吉は棒の先で、刀身を払った。

刀身と棒が絡んだ。押し合いになったが、二つの体はすぐに交わって離れ、向き合う形になった。

距離は一間ほどだ。卯吉にしてみれば、離れている方が都合がいい。相手は手練れだ。須黒だと、卯吉は察している。

「やっ」

相手が前に飛び出した。切っ先が、こちらの喉元を目指している。一瞬のうちに、迫ってきた。かんと音を立てて、それを跳ね上げた。しかし次の瞬間には、目の前から姿が消えていた。

跳ね上げた後すぐに、相手の肘を狙うつもりだったが、こちらの棒の先は空で迷った。

その直後に、左脇から刀身が飛んできた。これは横に払った。ちりと右の二の腕に痛みが走った。浅手だが、やられた。やっとの防御といってよかった。相手の動きを、追いかけ切れていない。

さらに胸を突く一撃が襲ってきた。手の届く位置から、相手は離れないままだ。身を斜め前に出しながら、棒の先で刀身を躱した。攻めに入りたいが、受けるだけでやっとだった。

棒があればなんとかなると思っていたが、目の前の相手はこちらを上回る腕の持ち主のようだ。

さらなる一撃が、下から腹を目がけて飛んできた。来るとは思わなかった方向からだ。

「わっ」

斬られるのを覚悟したが、相手の刀身を弾く新たな棒が現れた。

「おれに任せろ」

叫んだのは、白い狩衣姿の祈禱師茂助だった。棒に見立てた錫杖が、刀を弾き上げて相手の肩に迫った。卯吉とは比べ物にならないくらいの力強さがあった。

相手の浪人者は、ここで身を引いた。そのまま走ってこの場から離れたのである。すでにこの場には、宗次の姿はなかった。

「大丈夫か」

茂助が言った。侍を追いかけるよりも、卯吉の身を案じたらしかった。

「はっ、はい」

卯吉は息を切らしていた。右の手首にまで、斬られた二の腕から血が流れ出てきていた。

「やられちまうんじゃねえかと、おろおろしたぜ」

房のない十手を握りしめていた寅吉が言った。逃げる宗次を追うどころではなかったらしい。

卯吉に助勢するにしても、二人の動きが激しくて、入り込めなかったと付け足した。

「逃がしたのは惜しいが、仕方があるまい」

茂助が言った。

農家の井戸端へ行く。茂助が傷口を洗い、腰に下げていた袋から軟膏を取り出して塗ってくれた。腕に手拭いを巻く動きは手慣れていた。

第五章　譜代の用人

一

六月も、下旬になった。お丹が、次郎兵衛を本店に呼んだ。

「いらっしゃいませ」

店にいた奉公人たちは声を上げたが、次郎兵衛は振り向きもしないで奥の部屋へ入って行った。どんな用事で来たか、説明されることはないが、手代以上ならば皆見当がつく。口では何も言わないが、面白くないと思っているのは、店に流れる空気で卯吉は感じた。

「せっかく働いても、あの兄弟が店の土台を食い潰してゆく」

番頭になる一歩手前で、武蔵屋を辞めて他の店に移った手代がいた。店を出て行く折に見送った卯吉に、最後にぼそりと呟いた。市郎兵衛と次郎兵衛のことを言っている。

乙兵衛が、奥の部屋へ呼ばれた。市郎兵衛と次郎兵衛、乙兵衛を交えた四人が、声を潜めて話し合った。

四半刻もいないで、次郎兵衛は引き上げていった。

「室賀家への借金を、いよいよ返すわけですね」

帳場へ戻った乙兵衛に、卯吉は問いかけた。乙兵衛は否定をしなかった。余計な口出しをするなとも言わなかった。店の商いの金を、次郎兵衛の不始末のために使うのは、もともと不満なのだ。

卯吉は稲飛の蔵元である灘の大西酒造へ追加の注文の依頼状を送れと告げられていたが、書いていない。

江戸へやって来た大西酒造の番頭庄助とは、長い付き合いをしたいと話し合った。それは取引の約定を守った上で続けられるものだ。

庄助との約束は、武蔵屋のためにも守らなくてはならないものだ。ならば次郎兵衛を嵌めた悪巧みを暴かなくてはならない。ここまできたら、槙本や与之助、須黒らの仕業であるのは明白である。

宗次までが加わっている可能性も出てきていた。

こちらには為吉という証人がいるが、それは清七殺しについてのものだから、借金問題に直接には及ばない。何としても、有無を言わせぬ証拠や証言を摑まなければならない。

あいまいな状況証拠では、槙本は五千石を笠に着て、逆にこちらを責めてくるだろう。

卯吉は茂助、寅吉の三人で、話し合うことにした。寅吉の実家艾屋の店の奥ならば、誰にも気兼ねはいらない。まず武蔵屋本店が、今月末までに金を返すことを決めたと伝えた。

せっかく宗次を捕らえる手前まで行きながら、逃がしてしまった。調べは振り出しに戻ったようなものである。

「この場面で、何ができるか」

妙案は、なかなか浮かばない。

そこで卯吉は、向こうの立場に立って考えてみることにした。

「武蔵屋が立て替えて金を出すことについては、すでに考えているでしょうね。受け取って終わりとするのでしょうか」

そうではなかろうという気持ちがある。実体のない借用証文一枚で二百十六両ならば大儲(おおもう)けだが、もっと旨(うま)い汁を吸いたいと考えるのではないか。

「やつらは、できるだけ先延ばしにして、金高を増やしたいであろう」

茂助は、当然といった顔で応じた。

「何か難癖(なんくせ)をつけて、返せなくさせるのではないか」

と言ったのは寅吉だ。

「しかしどんな手立てがあるのでしょうか」

ここは見当もつかない。

「次郎兵衛は、今日にも与之助のもとへ、返済を伝えに行くであろう。その模様を、丑松から聞こうではないか」

大文字屋から戻った次郎兵衛は、竹之助には様子を伝える。丑松が竹之助から聞き出すのだ。

夕刻になって、三人は芝の次郎兵衛の店へ行った。丑松を、店の外に呼び出したのである。例によって、金杉橋(かなすぎばし)の袂(たもと)で状況を聞いた。

「いかにも、竹之助さんから聞き出したぞ」

新川河岸(かし)から戻った次郎兵衛は、すぐに大文字屋へ行って与之助に会ってきたという。四半刻ほどで戻ったそうな。

「与之助は慌てたようだが、駄目だとは言わなかったとか」

「金を返すという申し出を、断るわけにはいかないでしょうからね」

「槙本に伝えると、話したそうだ。明日明後日にも、返事を伝えようと言われたという」

卯吉の問いに、丑松は答えた。

与之助が何か言ってきたら、その内容をすぐに伝えてもらうことにした。


その翌々日、与之助が武蔵屋分家を訪ねてきた。

「さあ、どうぞ」

待っていた、という顔で次郎兵衛は与之助を奥の部屋へ通した。竹之助も、同席する形だ。

丑松は、庭の物陰に潜んで話を聞くことにした。障子は開け放しているので、やり取りはよく聞こえた。

与之助は、店に入ってきたときから、不機嫌そうな顔つきだった。次郎兵衛らと向かい合って座ると、早速(さっそく)口を開いた。

「槙本様は、たいそうなご立腹です」

冷ややかな口調だった。

驚く次郎兵衛と竹之助は、顔を見合わせた。金を返すのに、腹を立てられるいわれはないと考えている。与之助の不機嫌そうな顔つきも、得心がいかないようだ。

「返すのは当然だ。しかしな、これまで何の知らせもないままにいて、いきなり返済を告げてくるとは何事か。しかも日にちまで己の都合で定めてくるとは、無礼千万ではないか。ということでしてね」

詰問口調で、一気に言った。

「さ、さようで」

次郎兵衛は、慌てている様子だ。額に湧いた汗を、袖で拭った。

「私までが、お叱りを受けました」

不快を伝える口調を耳にして、次郎兵衛は息を呑んだ。しかしそのままにはできないとの判断だけは、あるらしかった。

「ま、まことに申し訳なく。ならば、それまでのどこか都合のいいところで、ご返済をさせていただきたく」

与之助は、この言葉が終わり切らないうちに返した。

「六月は、もう何日もないではありませんか」

呆れ嘲笑う口ぶりだった。

「そ、そうではありますが」

半べその口ぶりだ。次郎兵衛としては、何としても今月中に返したい。月が変われば、一日違いで返済額が四十両以上増えてしまう。

奉公人の前では傲岸だが、次郎兵衛は打たれ弱い。おろおろしている。竹之助も、何か言おうとしたらしいが、声にならなかった。

「室賀家では、近くご法事があるとか。御用繁多な中、そのようなときを持つことはできないとのお話でした」

「いや、それでは」

「金を借りている者は、貸した者に対して恩義があるはず。貸し手の都合に合わせるのが当然ではないかという主旨です。私も、世話になっていることを忘れてはなるまいと思います」

ふざけた理屈だが、焦っている次郎兵衛は、それに思い至らないようだ。

「で、では、いつならば」

「月が変わってからとなりましょう。ご法事が済んでからです」

「法事はいつで」

「来月の十二日だと聞きましたが」

「そんな」

次郎兵衛は絶句している。

「ともあれ、その折にまた話し合おうではないですか。私は何があっても、次郎兵衛さんの味方ですから」

取ってつけたようなことを口にしてから、与之助は腰を上げた。ここでやっと竹之助が何か言ったが、相手にされなかった。

二

「そういう手が、あったか」

丑松から話を聞いた茂助は、ため息を吐いた。

「どうせ槙本と与之助が、悪知恵を働かせたんですよ」

忌々しい気持ちで、卯吉は応じた。金を返すだけならば、四半刻もかからない。来月半ばにある法事など、理由にならないはずだった。それに対して、毅然とした態度を取れない次郎兵衛にも、歯痒さを感じた。

証文が生きている限り、どのような事情であれ月が変われば、その新たな月の利息で返すことを求めてくるだろう。

「ふざけやがって」

寅吉が、かっかとしている。

やつらの悪事を暴いて、借金の存在自体を無にしてやるぞと考えている。清七を殺した罪も、償わせなければならない。

ただそうはいっても、返済額が上がってゆくままにするのは避けたかった。お丹はたとえいくらになっても、また武蔵屋の身代を傾けてでも、次郎兵衛のために金を返そうとするだろうからだ。

「悪事をそのままにするつもりはないが、いったん金を返してしまってもよさそうだな」

茂助が言った。相手が室賀家ならば、その金のために姿を消すことはない。槙本の署名であっても、用人である以上、悪事が明らかになれば知らぬふりはできないはずだと茂助は言い足した。返金させることができるという判断だ。

「しかし槙本は、容易くは動きませんよ」

卯吉が言うと、寅吉も頷いた。

「槙本を動かすには、武家の力が必要だ。だがそれはおれたちでは無理だ。大和屋さんに力を借りてはどうか」

「そうですね」

大和屋は、複数の大名家や旗本家の御用達を受けている。殿様はともかく、用人や勘定方には知り合いがいると思われた。

ただ卯吉にしてみると、少し気が重い。稲飛の支払いの折に、お丹への口添えをしてもらったが、あのときは次郎兵衛の借金やその金高、利息については、勘十郎に伝えなかった。

話せばお丹は、倅の不始末を伝えたことで逆上するだろうと考えた。それは面倒だ、という気持ちが卯吉にはあった。

今度は、隠し事なくすべてを伝えなくてはならない。そうでなければ、力を貸してはもらえないだろう。

ともあれ、大伝馬町の大和屋へ卯吉は出向いた。一人でだ。

「どうして、あのときすべてを話さなかったのか」

詳細を伝えると、やはり勘十郎はあの折のやり取りを忘れていなかった。卯吉は首をすくめて、叱責の言葉を受けた。

しかし怒りに任せて叱るわけではないから、長い説教にはならなかった。

「確かに、このままにはできないな」

卯吉の考えを否定しなかった。

勘十郎は、ここで少し考え込んだ。そして大名武鑑や旗本武鑑を持ってきた。指に唾をつけて、これを捲った。

大和屋は室賀家に繋がる大名家や旗本家と、商いの関わりを持ってはいなかった。

「一つでもあったら、そこへ持って行くのだがな」

勘十郎は、一通り武鑑に目を通した上で言った。話を持っていけそうな相手は、見つからなかったことになる。

「そうですか」

勘十郎に探せないならば、どうにもならないと思った。武蔵屋には他にも親類縁者はあるが、卯吉が頼み事ができるのは、勘十郎以外にはなかった。

何であれ、本気で案じてくれたのはありがたかった。引き上げようとしたとき、勘十郎は声をあげた。

「待てよ、六千石の河本家には、酒を納めている縁者がいたぞ」

河本家は、室賀家の先代の次男坊が婿に入って、当主になっている。今の殿様の叔父にあたる人物だ。

「誰ですか、河本家の御用を受けているのは」

武蔵屋の縁戚の者ならば、卯吉もあらかたは知っている。しかし六千石の河本家など、耳にしたこともなかった。

「鉄砲洲本湊町の坂口屋吉右衛門さんだ」

どこの誰か分かるのに、ほんの少し手間がかかった。

「小菊さんの里ではないですか」

兄嫁の小菊は坂口屋の養女だが、実家として親戚付き合いをしていた。しかし市郎兵衛繋がりの縁者だから、すぐには頭に浮かばなかった。

吉右衛門は、下り酒問屋仲間の肝煎をしている人物だ。お丹も市郎兵衛も、下手に出てものを言う。

「吉右衛門さんならば、河本家の用人に話をつけ、そのご仁から槙本に話をつけてもらうことができるのではないか」

保証はできないと言われたが、頼んでみる価値はありそうだった。

「そうですね」

「だがな、少しでも隠し事をしたら、吉右衛門さんは動かないぞ。厳しい人だからな。すべてを伝えなくてはなるまい」

それは仕方がないところだった。

すぐに卯吉は、鉄砲洲の本湊町へ行った。江戸の海に面した町だ。店舗だけでなく、大きな酒蔵が海に面して建てられている。ここにある船着き場は、新川河岸よりも大きな荷船を横づけできた。

「あなたが訪ねて来るのは、珍しいですな」

吉右衛門は卯吉を、武蔵屋の手代としてではなく、先代市郎兵衛の倅として扱った。折り入ってお願いしたいことがあると告げると、店ではなく奥の部屋へ通した。

まずここへ来たのは、大和屋勘十郎に勧められた旨を伝えた。叔父からそう言えと、助言されていた。その上で、武蔵屋本店と分家が抱えている次郎兵衛の借金問題について伝えた。返済条件や期限、お丹の対応や武蔵屋の資金繰りについても触れた。

「ただ伺ったのは私の一存で、おかみさんや旦那さんには断っていません」

と付け加えた。

吉右衛門は背の丈はないが、矍鑠とした体つきをしている。眼光も鋭くて、じっと見詰められると怯みそうな気持ちになる。小菊やおたえに目をやっているときとは、まるで別人だった。

「愚かだな、次郎兵衛は。お丹さんも甘い」

腕組みをした。そして借財とは関わりのない話を、しかけてきた。

「それにしても、卯吉さんはよく働いている。稲飛は、なかなかの評判だ。番頭が江戸へ出てきていたが、他の店は本気で相手にはしなかった。実績のない小さな蔵元だったからな。しかも安い値ではなかった」

そう言われて、庄助の顔を思い出した。黙っていると、吉右衛門は話を続けた。

「話をつけたのは卯吉さんだ。初めは売りにくかっただろうが、商いのめどをつけた。あんたならば、他の店でも務まる。うちに移りたいというならば、喜んで受け入れますよ」

「………」

息を呑んだ。こんなことを告げられたのは初めてだ。体が強張った。

「それなのになぜ、奉公人としてしか扱われない武蔵屋にいるのか。そして次郎兵衛の不始末の尻拭いをしようとしているのか、そこを聞かしてもらおうじゃないか」

これは好意で言っていると思った。親しく話したことなどなかったが、手代としての働きを、見ていてくれたのだとありがたかった。

ただそう言われて、どう答えたものか迷った。

「分家も、武蔵屋です。先代市郎兵衛や吉之助さんから、武蔵屋を守れと言い遺されました」

これは正直な気持ちである。吉右衛門の目を、怯(ひる)まずに見返して口にすることができた。

「分かった、やってみよう」

吉右衛門は、卯吉の願いを受け入れた。

すぐに河本家の用人のもとへ、手代を走らせた。河本家の用人と会う手立てを整えたのである。

夕刻になる少し前、卯吉は吉右衛門に連れられて、麴町(こうじまち)にある河本家の屋敷へ行った。間口は四十五間ほどもあって、屋根の出張った門番所付きの長屋門だった。

吉右衛門と卯吉は、裏門から屋敷の中に入った。

八畳の部屋に通された。待つほどもなく、中年の用人が姿を現した。吉右衛門と用人は、親し気に言葉を交わした。

「今日は、お願いいたしたいことがありましてね」

吉右衛門は、早速用件に入った。

縁筋に当たる武蔵屋が、室賀家の用人槙本を通して金を借りた。その返済につい

て、今月中に返したい。その口添えをしてもらえないかと頼んだのである。利息など

の、面倒なことは伝えなかった。厄介事として断られるのを、避けたのである。

「槙本殿ならば、よく存じておる」

用人はそう言った。嫌な顔はしなかった。吉右衛門の顔を立てたのである。

「あい分かった。返済を期日までにしようという者を拒むのは、道理に合わぬ」

河本家の用人は、武蔵屋の願いを聞き入れる旨の書状をしたためてくれた。

三

吉右衛門と別れた卯吉は、河本の書状を懐にして武蔵屋分家へ行った。自尊心ば

かりが強くて、つまらないことで意地を張る次郎兵衛など相手にするつもりはなかっ

た。

卯吉が前に出れば、次郎兵衛は臍を曲げる。そんなことにはかまっていられない。

「ならば竹之助を使おう」

丑松にここまでの顚末を伝えて、どうするかを話した。

いくら河本家用人の書状があるからといって、卯吉が次郎兵衛の代理というわけにはいかない。次郎兵衛は蚊帳の外に置いて、竹之助と卯吉が槙本と会う手立てをとることにした。

竹之助は人形のようなもので、室賀屋敷で槙本に会ったら、卯吉が話をする。今月中に返済を終える算段だった。

話がつけば、どんな手立てであろうと、次郎兵衛は受け入れるしかない。無視して話を進めた自分に腹を立てるだろうが、それは気にしない。妾腹の自分は、生まれたときからお丹や兄たちに嫌われていた。

「力を貸していただきますよ」

竹之助には、有無を言わさず付き合わせた。二人で、室賀屋敷の裏門前に立ったのである。

「槙本様に、お目にかからせてくださいませ」

戸を叩いて、出てきた中間に告げた。中間は取り次いだが、槙本からの返事は、大文字屋を通せというものだった。

そこでこちらには、河本家用人の書状があると伝えた。すると今度は、潜り戸が内側から開いた。槙本は傲岸（ごうがん）だが、持参した書状は無視できないらしかった。

通されたのは、お長屋の一室である。誰も使わない部屋らしく、どこか黴臭（かびくさ）かった。

書状を差し出し、今月中の返済を頼んだ。あくまでも下手に出ているが、引かないぞという気持ちはあった。

どうせおまえらは、悪党ではないかと思っている。

槙本の反応は、予想通りだった。

「金子（きんす）はそれがしの名で貸しているが、室賀家のもの。ご多忙の殿を煩（わずら）わすわけにはまいらぬ」

今月中の返済は、受け入れられないという返答だった。

「ならば、今一度河本様へ参り、お願いをするしかありませんね」

と告げた。後ろめたいものがあるならば、大ごとになるのは避けたいだろう。

槙本は苦々しい顔になった。

「仕方がない。今月の末日、夕七つに持参するがよい」

と言った。そして付け加えた。

「それ以外の刻限では、受け取れぬ」

「ははっ」

やり取りは、すべて卯吉がした。竹之助は、こちらに合わせて頷いていた。そうするように打ち合わせていたのである。

竹之助には、己の才覚で室賀屋敷へ行ったことにして、事情を次郎兵衛に伝えさせることにした。


卯吉と茂助、寅吉と丑松の四人は、室賀屋敷へ行った日の夜、艾屋に集まって打ち合わせをした。夜になっても、まだまだ暑い。蚊やりを焚いたにおいが、まだ部屋の中に残っていた。

寅吉の母親が、冷やした瓜を振る舞ってくれたのは嬉しかった。食べながら、話を始めた。

「次郎兵衛のやつは竹之助に、勝手な真似をしてとか何とか、文句のようなことを言っていた。てめえじゃあ、何もできないくせに」

「それでも、ほっとした顔をしていたであろう」

丑松の言葉を受けて、茂助が言った。

「まあ、そうですね。さっそく霊岸島の本家へ行きました」

次郎兵衛がやって来た様子を、卯吉は店で見ていた。話を聞いたお丹や市郎兵衛は、安堵したはずである。乙兵衛にも、その話は伝えられた。

「室賀家との交渉をしたのは、次郎兵衛さん本人になっていたようです」

乙兵衛から聞いた話だ。

「なるほど、また見栄を張ったわけだな」

卯吉の言葉に、丑松が応じた。怒るというよりも、嘲笑う口調だった。

「しかしな、安堵するのはまだ早いかもしれぬぞ」

と口にしたのは茂助だ。そして居合わせる三人の顔を、順に見回した。

「その方らが向こうの者だったら、どうするか」

卯吉はその問いかけを聞いてはっとした。何か返そうとしたときに、寅吉が答えた。

「おれならば、金を途中で奪います。そして返せなかったことにして、また請求をします」

「阿漕だな」

丑松が漏らしたが、あり得ないと首を横に振った者は一人もいなかった。不要になった清七を、平気で屠ったやつらである。

「夕七つに持って来いと、わざわざ決めたのもそれらしいですね」

卯吉はやり取りをしていたときの、槙本の顔を思い出した。狸の顔だった。

「二百十六両を運ぶのは、次郎兵衛だな」

「そうです。駿河台の室賀屋敷まで、私が供につきます」

茂助の問いに、丑松が応じた。

襲う標的としては、絶好のものだと思われた。駿河台の武家地に入ってしまえば、人気はなくなる。

「須黒や宗次だけでなく、その場には与之助も来るでしょうね」

これを言ったのは寅吉だ。須黒が凄腕であることを、寅吉は青山原宿村で目の当りにしている。それは卯吉にしても同じだ。茂助が現れなかったら、命はなかったかもしれない。

「うむ。槙本も、どこかでその様子を見るかもしれぬ。なかなかの手練れだというではないか」

「ならば、いざとなれば手を貸すでしょうね」

強敵だからといって、怯むわけにはいかない。寅吉は己の気力を奮い立たせるような口ぶりで言った。

「ひっくるめて、まずは二百十六両の盗人として捕らえましょう」

ともあれ、与之助の動きを探ろうということになった。襲ってくるなら、須黒や宗次と連絡を取り合うだろう。

翌日、丑松は竹之助を伴って、大文字屋へ与之助を訪ねた。次郎兵衛には伝えない。この時点で竹之助は、丑松の申し出を断れなくなっていた。次郎兵衛では、何も解決できないと察しているのに違いない。

表向きは、返済の期日が決まったことを、知らせに来たという形だ。

「よく来てくださいました」

与之助は愛想よく、二人を迎えた。上がり框に腰を下ろした竹之助が、事情を伝えた。

話を聞いても、与之助は驚かない。すでに槙本から知らせが入っているものと思われた。もしかしたら、会ってこれからのことを打ち合わせたかもしれないと丑松は思った。

「その方が良いでしょう。何よりです。私も槙本様にお願いしていました。月が変われば、利息も変わりますから。大きな違いです」

親切ごかしを口にした。前に店へ来たときの表情とは、まるで違っている。恩着せがましいことまで口にした。

「いえいえ、お陰様で」

竹之助は相槌(あいづち)を打つ。

「さすがに武蔵屋さんは、分限者だ。後ろに新川河岸の本店がついておいでだ」

と与之助は持ち上げた。そしてさりげなく聞いてきた。

「で当日は、次郎兵衛さんがお持ちになるので」

「はい。私がお供をいたします」

丑松が応じた。

「では室賀様のお屋敷へは、どのように」

向かう道筋を尋ねてきたのである。これを問われることは想定していたので、昨夜卯吉らと打ち合わせていた。その道筋を伝えた。

「お気を付けください」

と親身な口調で言った。

寅吉は、大文字屋を出て行く竹之助と丑松の姿を見送った。与之助の動きを探るためにである。

店の様子に変化はない。与之助も、急にあたふたと動く気配はなかった。それでも寅吉は、目を離さなかった。

夕刻になって、与之助は店を出た。ゆっくりした足取りで金杉川（かなすぎがわ）を渡り、右折した。増上寺（ぞうじょうじ）の杜（もり）を右手に見ながら西へ歩いて行く。

何度か後ろを振り向いた。つけられていないかどうか、気にしているらしかった。

寅吉は菅笠（すげがさ）を被り、充分な間を取っている。気づかれない配慮はしていた。

与之助が立ち止まったのは、赤羽橋（あかばねばし）近くにある居酒屋ひょうたんの前だった。この店で与之助が須黒や宗次と酒を飲んだ話は、卯吉から聞いている。

店に入る姿を見て、腹の奥がじんと熱くなった。戸は開け放たれている。須黒や宗次の姿は、まだなかった。

物陰に隠れて、丑松は二人が姿を現すのを待った。

暮れなずむ日差しが、鄙（ひな）びた町を照らしている。じっと見張っているのも楽ではない。湧（わ）き出る汗を、何度も拭（ぬぐ）った。そしてついに、深編笠の浪人者と、頭から手ぬぐいを被った遊び人ふうの男が姿を現して、居酒屋に入った。

「来たぞ」

寅吉は、固唾を呑んで店の中に目を凝らした。中に入りたいが、顔を知られている。外から様子をうかがうしかなかった。

三人が店にいたのは、半刻ほどである。その間に、すっかり日は落ちた。まず宗次が引き上げ、少しして須黒が店を出た。後をつけたいと思ったが、つけた後ろから与之助が来るのではないかと考えたら、それはできなかった。

ともあれ、三人が打ち合わせをしたことだけは、摑むことができた。


翌日、寅吉から話を聞いた卯吉は、居酒屋ひょうたんへ行った。

「ああ、この間の」

店のおかみは、卯吉の顔を覚えていた。五匁銀を与えて、次に三人が現れたら、何を話したか耳を傾けてくれないかと頼んでいたのである。

「夕べ、あの人たち来ましたよ」

と向こうから言った。五匁銀の効果は、残っているらしかった。

他にも客がいるから、かかりきりになることはできない。できる範囲でいいとは伝えていた。

「小さい声なんで、聞き取りにくかったんですけどね。いくつかは耳に入りましたよ」

三人は、顔を寄せて話していた。聞き取るのは、難しかったと言い足している。

「で、どんな」

おかみは慎重な顔になって、「浪人者を五、六人」「駿河台」「夕四つ」「まきもと」が耳に入ったと言った。

「それだけじゃあ、何の役にも立たないと思いますけどね」

済まなそうな顔でおかみは言った。

「とんでもない。たいへん役に立ちました」

卯吉は礼を言った。

聞き取った話を合わせると、浪人者を雇って、駿河台のどこかで襲おうという相談をしたのだと受け取れた。

おかみから聞いたことを、卯吉は茂助や寅吉、丑松にも伝えた。

「やはりやる気だな」

「浪人者を雇うとなると、命懸けだぞ」

寅吉が言った。しかしそれは、卯吉も丑松も覚悟をしていた。

四

いよいよ、六月末日となった。この日は朝から雨が降っていた。空一面を鉛色の雲が覆って、止むの気配がない。

次郎兵衛と丑松は、八つ前には新川河岸の武蔵屋へやって来ていた。お丹はすでに、袱紗に包んで金の用意を済ませていた。

駿河台は遠い距離ではないが、二百十六両を運ぶ。二人だけで行かせようとは、お丹も市郎兵衛も思ってはいなかった。

「何があるか分からないからね」

二人の倅のためならば、気の回るお丹だ。

次郎兵衛と丑松の外に、二番番頭の巳之助、それに膂力のある小僧三人をつけると言った。

「卯吉。おまえもお行き」

と名指しした。普段は無視をしても、こういうときは使う。

小判はなかなかに重い。次郎兵衛は腰を据え、足を踏ん張った。卯吉は樫の棒、小僧たちは突棒（つくぼう）を手にした。

　とはいっても、厳重な警固（けいご）ではかえって目立つ。蓑笠（みのかさ）をつけた次郎兵衛と巳之助、それと丑松が三人で歩く。そのやや離れたところを、得物を手にした卯吉と小僧が続く。

　歩く経路は、与之助に伝えたままだ。突棒を手にした丑松が先導する。

　小判は重いから、ゆっくりと歩く。急いで誰かとぶつかっては、厄介（やっかい）だ。また雨で道はぬかるんでいるから、注意が肝要だ。

　茂助と寅吉、それに惣太の三人は、駿河台の武家地に入った直後から、それとなく警護に加わる。その場所についても、打ち合わせ済みだった。

　雨というのは、襲うのに都合がよさそうだ。向こうが何人の浪人者を雇ったか知れないが、それは烏合（うごう）の衆だ。

「人数に惑わされるな」

　と茂助からは言われていた。

　大事なのは金子を守ることだが、それだけではない。襲う首謀者である与之助や須黒、宗次らを捕らえることだ。

　蓑笠をつけた一行が、武蔵屋を出た。雨の日の新川河岸は、人の気配が少ない。しかしこのあたりで襲撃があるとは考えなかった。日本橋界隈から神田の町々を通り過ぎる。雨でもこの界隈は、人の姿があった。

けれども駿河台の武家地に入ると、道の様相は一転した。折しも雨の勢いは強くなっていた。茂助らは、卯吉たちよりも、もう少し後ろを歩いている。もちろん口を利くことはなかった。

夏とはいえ、雨の降る夕七つは仄暗い。雨脚が弱くなる気配はなかった。蓑笠をつけていても、体は濡れてくる。草鞋履きの足は、すでにぐっしょりになっていた。できるだけ、水たまりは避ける。

「何事もないままに、お屋敷に着けるのでしょうか」

小僧の一人が呟いた。そうあってほしいと願うのだろうが、そうはいかなそうだ。すでに茂助らとは違う人の気配を、卯吉は感じていた。

「わあっ」

ちょうどこのとき、声が上がった。先頭を歩いていた次郎兵衛ら三人の前に、数人の覆面の浪人者とおぼしい侍が現れたのである。すでに抜刀しているのが見えた。

叫んだのは次郎兵衛だ。

この時点で卯吉も小僧たちも駆け出している。金が奪われようとしているのは、誰の目にも明らかだ。

浪人者の一人が、次郎兵衛に襲いかかろうとする。その間に飛び込んで、振り下ろされる刀の下に飛び込んだのが丑松だった。突棒で刀身を払い上げた。

「ひえっ」

重い小判を腹に巻いた次郎兵衛は、慌てて逃げようとして、体の均衡を崩した。焦(あせ)っていたこともあって、足をもつれさせたのだ。泥濘(ぬかるみ)の中に尻餅(しりもち)をついた。泥水が顔にかかっている。

丑松が払い上げた刀身は、中空で雨を浴びて迷っていた。その胸を、休まず突く。相手は体を斜めにして躱(かわ)そうとしたが、避け切れずに一撃を受けた。

「ぎゃっ」

勢いもついていたので、そのまま泥濘の中に尻餅をついた。

しかしこの場面を、他の浪人たちはそのままにしていなかった。丑松や素手の巳之助に襲いかかろうとしている。

駆けつけた卯吉は、巳之助の腹を突こうとしている浪人の刀身に樫の棒を叩きつけた。のめり込む相手の顎(あご)を、棒で突いた。

「うぐっ」

顎の骨が、砕けたのが分かった。しかしそれにかまってはいられない。浪人たちが狙っているのは、次郎兵衛の懐だ。

次郎兵衛は、卯吉が争う間に立ち上がっていたが、浪人者は他にもいる。襲い掛かる浪人の一撃を、丑松が躱した。二本差しを怖れていない。

だがそこに、新手の賊が現れた。浪人者と、長脇差を腰にした町人だ。待ち伏せていたらしく、どちらも濡れそぼっている。

腰の得物を抜き放った。

どちらも顔に布を巻いているが、須黒と宗次なのは明らかだった。その浪人者に、丑松が突棒を突きかけたが、軽く跳ね上げられた。これまで目の前にいた浪人者たちとは、動きの速さと手際のよさが違った。

「わっ」

丑松は肘を斬られていた。

樫の棒を手にした卯吉が、前に出た。棒を構えて向かい合った。

相手の腕は分かっているから、慎重になっている。しかし怯んでいるのとも違った。初めての相手ではないから、その動きを見るゆとりがあった。

「やあっ」

降り落ちる雨を割って、斜め前に踏み込んだ。向ける体の角度も変えて右の肩を強打しようという企みだ。左を狙うよりも効き目があると、前の経験が伝えている。

躱されたならば、そのまま棒の先を相手の肘に向けるつもりだった。

けれどもこちらの目論見（もくろみ）は、一瞬にして砕かれた。

「しゃらくさい」

言い捨てた相手が目の前に飛び込んできた。こちらの棒の先を横に払って、肩や肘を撃ち込ませる間を与えなかった。

むしろ喉元を突いてきた。勢いがついている。

これを叩き落としたのでは、切っ先が腹を突いてくる。体勢は調（ととの）っていなかったが、払い上げるしかなかった。

泥濘で足元が危ういが、かまってはいられない。

「たあっ」

渾身の力を振り絞って棒を振った。するとその瞬間、相手の体もぐらついた。前のめりになっている。刀身の速さが、それで削がれていた。

棒の先は、相手の小手を下から払い上げた。骨を砕いた手応えが、棒の先から伝わってきた。相手はこちらを打つ寸前に、足を滑らせたのである。

握っていた刀が、降りしきる雨の中に飛んだ。

するとその体に飛び掛かった者がいた。寅吉が浪人者を泥濘に押し倒すと、手早く縄を掛けた。顔の布を剥ぎ取った。

「こいつは、須黒だぞ」

と声を上げた。

このとき茂助は、長脇差の宗次を押さえつけていた。宗次は歯向かったらしいが、茂助の敵ではなかった。

降り続ける雨の中を、この場から逃げようとしている者がいる。浪人者と、町人の男だ。卯吉は町人の足元を目がけて、棒を投げつけた。雇われただけの浪人者はかまわない。

「わあっ」

棒が足に絡んだ男は、水たまりに顔ごと突っ込んだ。これに躍りかかったのは、惣太だった。腕を後ろ手に捩じり上げ、顔の布を剥いだ。

これは与之助だった。

だがこのとき、卯吉の気持ちを引いたのはそれではなかった。数間先に曲がり角があり、そこに潜んでいた侍である。蓑笠ではなく、傘を手にしていた。

与之助が捕らえられた場面を目にして、この場から去ろうとしていた。

「待てっ」

卯吉は、足元に転がっている樫の棒を拾い上げると、侍のもとへ駆け寄った。浪人者ではない。濡れてはいるが、身なりの悪い侍ではなかった。

顔には頭巾(ずきん)をつけている。

このとき、その侍に気づいたのは、卯吉だけではなかった。茂助がいつの間にか錫杖(しゃくじょう)を構えていて、退路を塞(ふさ)いでいた。

侍は手にあった傘を捨てると、腰の刀を抜いた。こちらが二人でも、慌てる気配はなかった。

「くたばれ下郎」

そう叫んで、卯吉に一撃を向けてきた。勢いのある攻めで、須黒の打ち込みよりも力が入っていた。払ったときの痺(しび)れが手に残った。棒が濡れていたことも手伝って、取り落としそうになった。

握り直して、下から向こうの腹を打とうとした。こちらの動きが少なくて出来る攻めだったからだが、侍はいつの間にか体を横に飛ばしていた。

雨の中でも、常と変わらない動きだ。

だがこのとき、斜め後ろから茂助が錫杖を突き出した。飛ばした体を、待ち伏せる動きだった。茂助がしたのはそこまでだが、これが相手の動きの幅を狭めた。

それで相手の体に、微かな迷いができたのを卯吉は見逃さなかった。

「とうっ」

間髪を入れず、相手の肩を目がけて打ち込んだ。渾身の力をこめていた。棒を弾こうとする刀身の動きはあったが、こちらの方が速かった。

手に肩の骨を打つ手応えが伝わってきた。

「ううっ」

相手の体が揺らいだ。改めて手の甲を打つと、刀を取り落とした。

この侍を縛り上げたのは、寅吉だ。頭巾を剝ぎ取ると、現れたのは槙本だった。槙本は須黒らが襲う姿を見に来たらしかった。

結局、須黒と宗次、与之助と槙本、それに三人の浪人者を捕らえた。これらの者たちを、一番近い自身番へ強奪未遂の者として寅吉が連行した。

次郎兵衛には、金を持たせたまま武蔵屋へ帰らせた。巳之助と丑松が警護についた。

「盗人(ぬすっと)となった槙本への借用証文など、紙くずのようなものです」

卯吉は次郎兵衛に告げた。

五

自身番へ押し込むとはいっても、狭い建物の中に捕らえた七人を入れて尋問を行うのは難しい。別々に行うために、近くの商家の倉庫も借りた。

まず問い質しを行ったのは、三人の浪人者たちだ。寅吉が行い、卯吉が同席した。犯行の場で捕らえられたわけだから、襲撃については言い訳ができない。

「あの浪人者とやくざ者から、人を襲ってうまくいったら、二両寄こすと誘われた。それで仲間に加わったのだ」

その浪人者というのは、須黒を指している。やくざ者は宗次のことだ。あぶれ者の浪人にとって二両は、大金だ。善悪のことなど考えない。ただ金が欲しいだけで集まった者たちだから、危ういとなれば逃げだす。

互いに名も知らない、烏合（うごう）の衆だった。

そして次に、宗次への尋問を行った。すでに首謀者の一人であることは、雇った浪人者たちの証言から明らかになっている。

与之助と須黒に誘われて犯行に加わったと、宗次は認めた。しかし清七殺しの場にいた件については、否認をした。

「そ、そんなことは、知らねえ」

しかし茂助が目撃者である物貰いの為造を連れてくると、犯行の場にいたことを白状した。

清七を斬ったのは須黒で、与之助と談合の上でだと証言した。

稲飛を運ぶ荷船を襲ってしくじり、海に身を投げたが、そこで与之助と須黒の乗る舟に救われたという。与之助らは、武蔵屋本家が新たに入荷した酒が搬入される場を、舟を使って見に来ていたのである。

「武蔵屋に恨みがあるのかと聞かれて、そうだと答えたら、ならば仲間に入れと誘われたんだ。雪達磨（ゆきだるま）のように増える借金の額に、次郎兵衛は怯える。あいつは必ず本家に泣きつくから、本家を困らせるにはもってこいの話だった」

自ら進んで、悪巧みの仲間に入ったことになる。次郎兵衛こと武蔵屋からうまく金をせしめられたら、同じ手口でまた、旗本家に入りたがっている商家を騙そうと話し合ったとか。

そう聞き出した上で、須黒に当たった。

与之助から腕を見込まれて、儲け話として仲間入りを勧められた。長く貸せば、千両にもなる話である。槙本のような大身旗本の用人が絡んでいたら、武家の御用達になりたい商人は、話に乗ってくるだろうと踏んだ。与之助と須黒は、中門前町の高利貸し居駒屋で阿漕な高利貸しの手口を目の当たりにしていた。初めに次郎兵衛を室賀屋敷へ呼んだのは、騙す手口としてだ。あらかじめ清七を屋敷に来させておいて、次郎兵衛が現れたときに屋敷から出て行かせる。次郎兵衛はそれだけで、清七が屋敷に縁のある者だと考えて信用する。門前ですれ違わせただけだが、これができたのは槙本が仲間に加わっていたからだ。

そもそも清七と与之助は、隣町の表通りの商家の主人同士として顔見知りだった。与之助は、篠塚屋の商いがうまくいかず店舗を形にして金を借りたという話を耳にして、一芝居打つことを考えた。

与之助は分家をするにあたって、室賀家の御用ができるように本家から図られていた。

槙本とは度々顔を合わせる間柄だった。金に汚い槙本は、与之助の誘いに乗った。須黒からはここまで聞いてから、与之助の尋問に当たった。

すでに宗次と須黒の証言がある。襲撃にも加わっていた。犯行の中心人物であることは、もう動かせない。

「清七の借用証文について、実際の百五十両のやり取りはなかったのだな」

まずはそれを確かめるところから始めた。室賀家にしても槙本にしても、そのような金子がないのは、予想ができた。

「はい。実物の金は、動いていません」

外堀をすべて埋めてからの尋問だから、白を切り通すことはできないと観念したらしかった。清七との偽の借用証文を拵えて次郎兵衛を騙したこと、そして邪魔になった清七の殺害、返済に来る次郎兵衛を襲うに至るまでの一切を白状させた。

「清七の店がすでに借金の形になっているかどうかは、調べれば分かった。しかし次郎兵衛のやつは、それをしなかった。見栄を張るだけの甘いやつだったから、こちらには都合がよかった」

清七は店を形にして金を借りたが、それでもまだ返し切れなかった。店を取り上げられるのは、時間の問題だった。

「だから偽の借用証文を書けば割り前をやると伝えると、喜んで話に乗ってきました」

借用書の保証人欄に次郎兵衛の署名を得たら、清七には身を隠させる算段だった。ただ次郎兵衛に大騒ぎをされては面倒だし、できるだけ長く返済を先延ばしさせるために、金は用意するという文を、次郎兵衛あてに書かせた。

次郎兵衛や竹之助は、自分に都合がいいように解釈をしたのである。

すでにこの段階で、清七は用なしの身になっていた。追い詰められて仲間に入ったが、もともとは善人で気の弱いところもあった。

仏心を出されてはかなわない。身を潜ませていた場所に、何者かが近づいてきた。丑松が探りに行った折のことだが、与之助らは念を入れた。

須黒と打ち合わせて、口封じをすることにした。

宗次は、すべてを失った凶状持ちだから、仲間にしておけば使えると判断した。武蔵屋や卯吉に恨み（うら）を持っているのも都合がよかった。

最後に、槙本に当たった。

室賀家譜代の用人だから、屋敷内での発言力は大きい。出入りの商人から袖（そで）の下を得るのは、常日頃のことといってよかった。けれども与之助が持ってきた話は、元手なしで数百両を騙し取れる話だった。

乗り気になったのである。もちろん殿様や他の家臣には隠した上でだ。しかし捕らえられては、どうにもならない。

「金を奪う様子を、見に行こうと思った。行かねば、何があろうと知らぬで通せたのに、ぬかったことをした」

これには、後悔があるらしかった。

すべてを聞き終えたところで、捕らえた者たちの身柄を町奉行所に引き渡した。


翌日はうって変わって晴天となった。

「おれは江戸を出るぞ。おまえはしっかり稲飛を売れ」

錫杖を手に、祭壇を背負った叔父(おじ)の茂助が卯吉に言った。新川堀の河岸の道でだ。

「ありがとうございます」

卯吉は、稲飛を入れた一升徳利を差し出した。せめてもの礼の気持ちである。

「これは嬉しいぞ」

茂助は生唾(なまつば)を呑み込んだ。酒にはいじましいが、この叔父がいなかったら、一件はまだ解決しきれなかった。借金を、ともあれ返そうと最初に口にしたのは茂助である。利息が増えないためにという理由だが、本当にそれだけだったのかと卯吉は考えていた。

「室賀家の借金を返そうとしたのは、その道中で襲わせようと企んだからではないですか」

と思っていたことを口にした。返さないで、そのままにしておく手もあった。悪事を暴けば、利息など問題ではなくなる。ただお陰で、一網打尽にできた。

「槙本や与之助ならば、やりかねないとは考えたぞ。榎本をあの場で捕えられたのは上出来だった」

茂助は徳利の栓を抜き、稲飛をごくりと飲んだ。

「甘露、甘露」

言い残すと、そのまま河岸の道を歩いて卯吉の前から去って行った。

六

七月も数日を過ぎると、秋の気配が漂ってきた。空には、もう入道雲は見かけない。夕方になると、虫の音がかまびすしい。

大和屋勘十郎と坂口屋吉右衛門が、武蔵屋を訪ねてきた。お丹と話をしている。その場には、分家から次郎兵衛が、そして市郎兵衛や乙兵衛、卯吉も呼ばれていた。

お丹と市郎兵衛は、金が奪われることもないまま証文の不正が明らかになった展開を喜んだ。しかし次郎兵衛が騙されるに至った顚末については知らなかった。卯吉は自分が話しても、二人はまともに聞かないだろうと判断していたから口にはしなかった。

田所がやって来て、己の手柄のように、槙本や与之助が捕らえられた話をしたのを聞いただけだった。

次郎兵衛は、相変わらず卯吉を無視している。あの日濡れ鼠のようになって武蔵屋へ戻ったとき、次郎兵衛は己の力で危機を乗り切って逃れてきたという言い方をしたと丑松は悔しがっていた。

同道した巳之助は、何も告げなかったそうな。丑松は、問われなければ主人らの前でものを言える立場ではない。

勘十郎と吉右衛門は、次郎兵衛が借用証文に保証人として署名するに至る詳細を伝えに来たのである。卯吉は事が済んだ後、お礼かたがた、二人のもとへは詳細を伝えに行っている。

どちらもただ次郎兵衛の非を責めるのではなく、商人として今後の戒めにしてほしいという気持ちを持ってのことだった。

お丹と市郎兵衛は、苦虫を嚙み潰したような顔で聞いていた。次郎兵衛は、俯いたきり顔を上げない。

「何よりも、篠塚屋の店がすでに借金の形になっているかどうかを確かめなかったのは、商人として許されないものだ」

勘十郎の言葉は歯に衣着せていない。吉右衛門はその言葉を一つ一つ頷きながら聞いていた。

「次郎兵衛は、まだ修業が足りませんな」

一通り話したところで、勘十郎が結論付けた。

「そこへ行くと、卯吉さんの働きはよかった。借用証文のやり取りに疑念を持ち、篠塚屋や大文字屋分家について調べを入れたのは、商人らしい働きといっていい。先が楽しみですな」

これは吉右衛門の言葉だ。

市郎兵衛と小菊の不仲、というよりも市郎兵衛が相手にしていない点については、気づいているはずだが触れない。どう思っているのかは、卯吉には見当もつかないことである。

お丹も市郎兵衛も、勘十郎と吉右衛門の話を我慢して聞いている。ともあれ二百両以上の金子を、むざむざ奪われなくて済んだ。それには吉右衛門も一役買っていた。

「お世話になりました」

卯吉の働きは無視できても、吉右衛門の助力については知らぬふりはできない。お丹は深々と頭を下げた。次郎兵衛にも、礼の言葉を述べさせた。

しかしその姿は、とにかくこの場を収めようとしている母親が、十三、四の倅に詫びさせている姿にしか見えなかった。武蔵屋のこれからは、前途遼遠だ。

一件が片付いて、稲飛の支払いを済ませることができ、千樽の追加注文の手続きも済ませたところだった。灘での店の信用を失わずに済んだのである。

ただこれで、お丹や市郎兵衛、次郎兵衛の胸にある卯吉への思いが変わるとは考えられなかった。実子が不始末をし、至らない点を指摘された。そして憎い妾腹の子が褒められたのである。

お丹にしてみれば、それが事実であるかどうかは関係ない。卯吉への嫌悪が、消えてなくなることもないだろう。かえって忌々しいと感じたかもしれない。

しかしどう思われようと、卯吉の気持ちは変わらない。

「武蔵屋に身を置いて過ごしてゆくしかない」

と覚悟を決めていた。先代市郎兵衛や吉之助の遺した「武蔵屋を守れ」という言葉は、卯吉の心の真ん中にある。

勘十郎と吉右衛門が引き上げるとき、娘のおたえを抱いた小菊が見送りに出た。吉右衛門はこの母子には、慈しみの目を向ける。

一同は道に出て見送ったが、小菊と卯吉が最後まで見送った。見えなくなって、引き上げようとしたとき、小菊が卯吉に顔を向けた。

「武蔵屋を守りましたね。ご先代も吉之助さんも、喜んでおいででしょう。稲飛の売り上げが順調なのが何よりです」

それだけを残して、店の中へ入って行った。

返事をする暇はなかったが、卯吉は嬉しかった。稲飛が順調なことを、店の中の者でも妬む者がいる。しかし小菊は喜んでくれた。

自分を嫌う者だけではないと、実感できた。

「おい。与之助らのご処分が決まったぞ」

そこへ寅吉が現れた。町奉行所で聞いてきたらしい。

「与之助と宗次、須黒は死罪だ。槙本は室賀家に引き取られたが、即刻腹を切らされたらしい」

殿様はこの一件に関わっていなかったが、監督不行き届きということで、大御番頭の役を罷免された。当然の処分だ。

「大文字屋の分家は闕所で、本店は過料を科せられ、三十日の戸締となった。金子を取られたうえで、しばらくは商いができなくなる」

その後で、卯吉は追加の稲飛の輸送について、今津屋へ打ち合わせに行った。

「何よりの結末でしたね」

東三郎は、顔を合わせるとすぐにねぎらいの言葉をかけてきた。

用事が済むと、お結衣が出てきて卯吉に礼の言葉を口にした。少し驚いた。

「礼を言われるようなことは、していませんよ」

と告げると、お結衣は首を横に振った。

「宗次さんを、捕らえてくれました。捕らえなければ、またどこかで悪いことをしたかもしれません。それをさせなくて済みました」

目にうっすらと、涙をためている。宗次が死罪になることを、知った上で言っているようだ。

「…………」

すぐには返答ができない。お結衣は続けた。

「それに私の中に残っていたあの人への気持ちを、お陰ですっぱりと消すことができます」

「なるほど」

あれだけされても、まだ心残りがどこかにあったことになる。女心は分からない。

お結衣も小菊も、自分にはどうすることもできない感情の中で生きている。ただそれでも、卯吉には二人の存在が気になった。

本書は文庫書下ろし作品です。

|著者| 千野隆司　1951年東京都生まれ。國學院大學文学部卒。'90年「夜の道行」で小説推理新人賞を受賞。時代小説のシリーズを多数手がける。「おれは一万石」「入り婿侍商い帖」「出世侍」「雇われ師範・豊之助」など各シリーズがある。「下り酒一番」は江戸の酒問屋を舞台にした新シリーズ。

分家の始末　下り酒一番(二)

千野隆司

講談社文庫

定価はカバーに表示してあります

2019年1月16日第1刷発行

発行者――渡瀬昌彦
発行所――株式会社　講談社
東京都文京区音羽2-12-21　〒112-8001
電話　出版　(03) 5395-3510
　　　販売　(03) 5395-5817
　　　業務　(03) 5395-3615

Printed in Japan

デザイン―菊地信義
本文データ制作―講談社デジタル製作
印刷―――株式会社新藤慶昌堂
製本―――株式会社国宝社

ISBN978-4-06-514335-3

講談社文庫刊行の辞

二十一世紀の到来を目睫に望みながら、われわれはいま、人類史上かつて例を見ない巨大な転換期をむかえようとしている。

世界も、日本も、激動の予兆に対する期待とおののきを内に蔵して、未知の時代に歩み入ろうとしている。このときにあたり、創業の人野間清治の「ナショナル・エデュケイター」への志を現代に甦らせようと意図して、われわれはここに古今の文芸作品はいうまでもなく、ひろく人文・社会・自然の諸科学から東西の名著を網羅する、新しい綜合文庫の発刊を決意した。

激動の転換期はまた断絶の時代である。われわれは戦後二十五年間の出版文化のありかたへの深い反省をこめて、この断絶の時代にあえて人間的な持続を求めようとする。いたずらに浮薄な商業主義のあだ花を追い求めることなく、長期にわたって良書に生命をあたえようとつとめるところにしか、今後の出版文化の真の繁栄はあり得ないと信じるからである。

同時にわれわれはこの綜合文庫の刊行を通じて、人文・社会・自然の諸科学が、結局人間の学にほかならないことを立証しようと願っている。かつて知識とは、「汝自身を知る」ことにつきていた。現代社会の瑣末な情報の氾濫のなかから、力強い知識の源泉を掘り起し、技術文明のただなかに、生きた人間の姿を復活させること。それこそわれわれの切なる希求である。

われわれは権威に盲従せず、俗流に媚びることなく、渾然一体となって日本の「草の根」をかたちづくる若く新しい世代の人々に、心をこめてこの新しい綜合文庫をおくり届けたい。それは知識の泉であるとともに感受性のふるさとであり、もっとも有機的に組織され、社会に開かれた万人のための大学をめざしている。大方の支援と協力を衷心より切望してやまない。

一九七一年七月

野間省一

講談社文芸文庫 

中村真一郎

この百年の小説

人生と文学と

解説＝紅野謙介

漱石から谷崎、庄司薫まで、百余りの作品からあぶり出される日本近現代文学史。博覧強記の詩人・小説家・批評家が描く、ユーモアとエスプリ、洞察に満ちた名著。

なJ3

978-4-06-514322-3

中村真一郎

死の影の下に

解説＝加賀乙彦　作家案内・著書目録＝鈴木貞美

なJ1

978-4-06-196349-X

敗戦直後、疲弊し荒廃した日本に突如登場し、「文学的事件」となった斬新な作品。ヨーロッパ文学の方法をみごとに生かした戦後文学を代表する記念碑的長篇小説。

講談社文庫　目録

橘　もも　OVER DRIVE（オーバードライブ）
橘　もも／沖田×華　原作／安達奈緒子　脚本　著　小説　透明なゆりかご(上)(下)
滝口悠生　愛と人生
高山文彦　ふたり〈皇后美智子と石牟礼道子〉
陳　舜臣　中国五千年(上)(下)
陳　舜臣　中国の歴史　全七冊
陳　舜臣　中国の歴史　近・現代篇　(一)(二)
陳　舜臣　小説十八史略　全六冊
陳　舜臣　新装版　阿片戦争　全四冊
陳　舜臣　琉球の風〈レジェンド歴史時代小説〉(上)(下)
千早　茜　森の家
千野隆司　大店の暖簾（のれん）〈下り酒一番〉
知野（ちの）みさき　江戸は浅草
筒井康隆　創作の極意と掟
筒井康隆　読書の極意と掟
筒井康隆ほか12名　名探偵登場！
津島佑子　黄金の夢の歌
津村節子　遍路みち
津村節子　三陸の海

津本　陽　真田忍俠記(上)(下)
津本　陽　本能寺の変
津本　陽　武蔵と五輪書
津本　陽　幕末御用盗
土屋賢二　純粋ツチヤ批判
塚本青史　呂后
塚本青史　王莽
塚本青史　光武帝(上)(中)(下)
塚本青史　張騫
塚本青史　凱（がい）歌（か）の後（のち）
塚本青史　始皇帝
塚本青史　三国志　曹操伝　上〈落暉の洛陽〉
塚本青史　三国志　曹操伝　中〈群雄の彷徨〉
塚本青史　三国志　曹操伝　下〈赤壁に決す〉
辻原　登　マノンの肉体
辻原　登　寂しい丘で狩りをする
辻村深月　冷たい校舎の時は止まる(上)(下)
辻村深月　子どもたちは夜と遊ぶ(上)(下)
辻村深月　凍りのくじら

辻村深月　ぼくのメジャースプーン
辻村深月　スロウハイツの神様(上)(下)
辻村深月　名前探しの放課後(上)(下)
辻村深月　ロードムービー
辻村深月　ゼロ、ハチ、ゼロ、ナナ。
辻村深月　V.T.R.
辻村深月　光待つ場所へ
辻村深月　ネオカル日和
辻村深月　島はぼくらと
辻村深月　家族シアター
新川直司　漫画／辻村深月　原作　コミック　冷たい校舎の時は止まる(上)(下)
常光　徹　学校の怪談〈K峠のうわさ〉
常光　徹　学校の怪談〈百円のビデオ〉
坪内祐三　ストリートワイズ
津村記久子　ポトスライムの舟
津村記久子　カソウスキの行方
津村記久子　やりたいことは二度寝だけ
恒川光太郎　竜が最後に帰る場所
月村了衛　神子上典膳（みこがみてんぜん）

講談社文庫　目録

出久根達郎　作家の値段
フランソワ・デュボワ　太極拳が教えてくれた人生の宝物〈中国・武当山90日間修行の記〉
戸川昌子　新装版 猟人日記
土居良一　海翁伝
土居良一　修徳記〈直参松前八兵衛〉
土居良一　京都花暦〈直参松前八兵衛〉
ドウス昌代　イサム・ノグチ〈宿命の越境者〉(上)(下)
鳥羽亮　疾風剣谺返し〈深川狼虎伝〉
鳥羽亮　修羅剣雷斬り〈深川狼虎伝〉
鳥羽亮　狼虎血闘〈深川狼虎伝〉
鳥羽亮　御隠居剣法〈駆込み宿 影始末〉(一)
鳥羽亮　ねむり鬼剣〈駆込み宿 影始末〉
鳥羽亮　霞隠れの女〈駆込み宿 影始末〉
鳥羽亮　のっとり奥坊主〈駆込み宿 影始末〉
鳥羽亮　かげろう妖剣〈駆込み宿 影始末〉
鳥羽亮　霞と飛燕〈駆込み宿 影始末〉
鳥羽亮　闇姫変化〈駆込み宿 影始末〉
鳥羽亮　鶴亀横丁の風来坊
鳥越碧　漱石の妻

鳥越碧　兄いもうと〈子規庵日記〉
鳥越碧　花筏 谷崎潤一郎・松子 たゆたう記
東郷隆　銃士伝
東郷隆　定吉七番の復活
東郷隆・上田信絵　【絵解き】戦国武士の合戦心得〈歴史・時代小説ファン必携〉
東郷隆・上田信絵　【絵解き】雑兵足軽たちの戦い〈歴史・時代小説ファン必携〉
東嶋和子　メロンパンの真実
戸梶圭太　アウトオブチャンバラ
東良美季　猫の神様
堂場瞬一　八月からの手紙
堂場瞬一　壊れる心〈警視庁犯罪被害者支援課〉
堂場瞬一　邪心〈警視庁犯罪被害者支援課2〉
堂場瞬一　二度泣いた少女〈警視庁犯罪被害者支援課3〉
堂場瞬一　身代わりの空〈警視庁犯罪被害者支援課4〉(上)(下)
堂場瞬一　影の守護者〈警視庁犯罪被害者支援課5〉
堂場瞬一　傷
堂場瞬一　埋れた牙
堂場瞬一　Killers(上)(下)
土橋章宏　超高速！参勤交代

土橋章宏　超高速！参勤交代 リターンズ
戸谷洋志　Jポップで考える哲学〈自分を問い直すための15曲〉
富樫倫太郎　信長の二十四時間
富樫倫太郎　風の如く 吉田松陰篇
富樫倫太郎　風の如く 久坂玄瑞篇
富樫倫太郎　風の如く 高杉晋作篇
富樫倫太郎　スカーフェイス〈警視庁特別捜査第三係・淵神律子〉
夏樹静子　新装版 二人の夫をもつ女
中井英夫　新装版 虚無への供物(上)(下)
長井彬　新装版 原子炉の蟹
中島らも　しりとりえっせい
中島らも　今夜、すべてのバーで
中島らも　白いメリーさん
中島らも　寝ずの番
中島らも　さかだち日記
中島らも　バンド・オブ・ザ・ナイト
中島らも　休みの国
中島らも　異人伝 中島らものやり口
中島らも　空からぎろちん

中島らも　僕にはわからない
中島らも　中島らものたまらん人々
中島らも　エキゾティカ
中島らも　あの娘は石ころ
中島らも　ロバに耳打ち
中島らも　ロカ
中島らも編著　なにわのアホぢから
中島らもほか　輝きの一瞬〈短くて心に残る30編〉
中島らも　チチ松村　らもチチ　わたしの半生〈青春篇〉〈中年篇〉
鳴海　章　マルス・ブルー
鳴海　章　中継刑事〈捜査五係申し送りファイル〉
鳴海　章　フェイスブレイカー
鳴海　章　謀略航路
中嶋博行　違法弁護
中嶋博行　司法戦争
中嶋博行　第一級殺人弁護
中嶋博行　ホカベン　ボクたちの正義
中嶋博行　新装版　検察捜査
中嶋博行　新検察捜査

中村天風　運命を拓く〈天風瞑想録〉
中山康樹　ジョン・レノンから始まるロック名盤
永井　隆　ドキュメント　敗れざるサラリーマンたち
中島誠之助　ニセモノ師たち
梨屋アリエ　でりばりぃAge
梨屋アリエ　ピアニッシシモ
梨屋アリエ　スリースターズ
中原まこと　笑うなら日曜の午後に
中島京子　FUTON
中島京子　イトウの恋
中島京子　均ちゃんの失踪
中島京子　エルニーニョ
中島京子　妻が椎茸だったころ
奈須きのこ　空の境界(上)(中)(下)
中村彰彦　名将がいて、愚者がいた
中村彰彦　義に生きるか裏切るか〈名将がいて、愚者がいた〉
中村彰彦　幕末維新史の定説を斬る
中村彰彦　乱世の名将　治世の名臣
長野まゆみ　簞笥のなか

長野まゆみ　となりの姉妹
長野まゆみ　レモンタルト
長野まゆみ　チマチマ記
長野まゆみ　冥途あり
長嶋　有　夕子ちゃんの近道
長嶋　有　電化文学列伝
長嶋　有　佐渡の三人
永嶋恵美　擬態
永井　均　内田かずひろ　絵　子どものための哲学対話
なかにし礼　戦場のニーナ
なかにし礼　生きる力〈心でがんに克つ〉
中路啓太　己惚れの記
中村文則　最後の命
中村文則　悪と仮面のルール
中田整一　トレイシー〈日本兵捕虜秘密尋問所〉
中田整一　編/解説　真珠湾攻撃総隊長の回想〈淵田美津雄自叙伝〉
中村江里子　女四世代、ひとつ屋根の下
中野美代子　カスティリオーネの庭
中野孝次　すらすら読める方丈記

中野孝次　すらすら読める徒然草
中山七里　贖罪の奏鳴曲（ソナタ）
中山七里　追憶の夜想曲（ノクターン）
中山七里　恩讐の鎮魂曲（レクイエム）
長島有里枝　背中の記憶
長浦　京　赤刃（セキジン）
中澤日菜子　お父さんと伊藤さん
中澤日菜子　おまめごとの島
長辻象平　半百（はんぴゃく）の白刃　虎徹と鬼姫(上)(下)
中脇初枝　世界の果てのこどもたち
西村京太郎　四つの終止符
西村京太郎　七人の証人
西村京太郎　華麗なる誘拐
西村京太郎　寝台特急（メモリー・トレイン）「日本海」殺人事件
西村京太郎　十津川警部　帰郷・会津若松
西村京太郎　特急（アリバイ・トレイン）「あずさ」殺人事件
西村京太郎　寝台特急（ロイヤル・トレイン）「北斗星」殺人事件
西村京太郎　十津川警部　姫路・千姫殺人事件
西村京太郎　十津川警部の怒り

西村京太郎　新版　名探偵なんか怖くない
西村京太郎　十津川警部「荒城の月」殺人事件
西村京太郎　宗谷本線殺人事件
西村京太郎　奥能登に吹く殺意の風
西村京太郎　特急（スーサイド・トレイン）「北斗1号」殺人事件
西村京太郎　十津川警部「悪夢」通勤快速の罠
西村京太郎　十津川警部　五稜郭殺人事件
西村京太郎　十津川警部　湖北の幻想
西村京太郎　九州新特急「つばめ」殺人事件
西村京太郎　九州特急「ソニックにちりん」殺人事件
西村京太郎　十津川警部　幻想の信州上田
西村京太郎　高山本線殺人事件
西村京太郎　十津川警部　金沢・絢爛たる殺人
西村京太郎　伊豆誘拐行
西村京太郎　東京・松島殺人ルート
西村京太郎　秋田新幹線「こまち」殺人事件
西村京太郎　十津川警部　トリアージ　生死を分けた石見銀山
西村京太郎　悲運の皇子（みこ）と若き天才の死
西村京太郎　十津川警部　長良川に犯人を追う

西村京太郎　新装版　殺しの双曲線
西村京太郎　十津川警部　西伊豆変死事件
西村京太郎　愛の伝説・釧路湿原
西村京太郎　山形新幹線「つばさ」殺人事件
西村京太郎　新装版　名探偵に乾杯
西村京太郎　十津川警部　君は、あのSLを見たか
西村京太郎　南伊豆殺人事件
西村京太郎　十津川警部　青い国から来た殺人者
西村京太郎　十津川警部　箱根バイパスの罠
西村京太郎　新装版　天使の傷痕
西村京太郎　新装版　D機関情報
西村京太郎　十津川警部　猫と死体はタンゴ鉄道に乗って
西村京太郎　韓国新幹線を追え
西村京太郎　北リアス線の天使
西村京太郎　十津川警部　長野新幹線の奇妙な犯罪
西村京太郎　上野駅殺人事件
西村京太郎　京都駅殺人事件
西村京太郎　沖縄から愛をこめて
西村京太郎　十津川警部「幻覚」

講談社文庫　目録

西村京太郎　函館駅殺人事件
西村京太郎　内房線の猫たち〈異説里見八犬伝〉
新田次郎　新装版 武田勝頼 (一)陽の巻 (二)水の巻 (三)空の巻
新田次郎　新装版 聖職の碑(いしぶみ)
新田次郎　新装版 風の遺産
新田次郎　新装版 鷲ヶ峰物語
日本文芸家協会編　愛染夢灯籠〈時代小説傑作選〉
日本推理作家協会編　殺人の教室〈ミステリー傑作選〉
日本推理作家協会編　犯人たちの部屋〈ミステリー傑作選〉
日本推理作家協会編　隠された鍵〈ミステリー傑作選〉
日本推理作家協会編　セブンミステリーズ〈ミステリー傑作選〉
日本推理作家協会編　曲げられた真相〈ミステリー傑作選〉
日本推理作家協会編　MARVELOUS MYSTERY 至高のミステリー、ここにあり
日本推理作家協会編　Play(プレイ)推理遊戯〈ミステリー傑作選〉
日本推理作家協会編　Doubt(ダウト)きりのない疑惑〈ミステリー傑作選〉
日本推理作家協会編　Bluff(ブラフ)騙し合いの夜〈ミステリー傑作選〉
日本推理作家協会編　Spiral(スパイラル)めくるめく謎〈ミステリー傑作選〉
日本推理作家協会編　Logic(ロジック)真相への回廊〈ミステリー傑作選〉
日本推理作家協会編　BORDER(ボーダー)善と悪の境界〈ミステリー傑作選〉

日本推理作家協会編　Guilty(ギルティ)殺意の連鎖〈ミステリー傑作選〉
日本推理作家協会編　Shadow(シャドウ)闇に潜む真実〈ミステリー傑作選〉
日本推理作家協会編　Junction(ジャンクション)運命の分岐点〈ミステリー傑作選〉
日本推理作家協会編　Question(クエスチョン)謎解きの最高峰〈ミステリー傑作選〉
日本推理作家協会編　Symphony(シンフォニー)漆黒の交響曲〈ミステリー傑作選〉
日本推理作家協会編　Esprit(エスプリ)機知と企みの競演〈ミステリー傑作選〉
日本推理作家協会編　Life(ライフ)人生、すなわち謎〈ミステリー傑作選〉
日本推理作家協会編　Love(ラブ)恋、すなわち罠〈ミステリー傑作選〉
日本推理作家協会編　Propose(プロポーズ)告白は突然に〈ミステリー傑作選〉
日本推理作家協会編　Acrobatic(アクロバティック)物語の曲芸師たち〈ミステリー傑作選〉
日本推理作家協会編　謎〈東野圭吾選〉スペシャル・ブレンド・ミステリー　001
日本推理作家協会編　謎〈宮部みゆき選〉スペシャル・ブレンド・ミステリー　002
日本推理作家協会編　謎〈恩田陸選〉スペシャル・ブレンド・ミステリー　003
日本推理作家協会編　謎〈京極夏彦選〉スペシャル・ブレンド・ミステリー　004
日本推理作家協会編　謎〈伊坂幸太郎選〉スペシャル・ブレンド・ミステリー　005
日本推理作家協会編　謎〈今野敏選〉スペシャル・ブレンド・ミステリー　006
日本推理作家協会編　謎〈桜庭一樹選〉スペシャル・ブレンド・ミステリー　007
日本推理作家協会編　謎〈辻村深月選〉スペシャル・ブレンド・ミステリー　008
日本推理作家協会編　謎〈綾辻行人選〉スペシャル・ブレンド・ミステリー　009

日本推理作家協会編　謎〈大沢在昌選〉スペシャル・ブレンド・ミステリー　010
二階堂黎人　双面獣事件(上)(下)
二階堂黎人　覇王の死(上)(下)
二階堂黎人　ラン迷宮〈二階堂蘭子探偵集〉
二階堂黎人　増加博士の事件簿
新美敬子　世界の旅猫105
新美敬子　猫のハローワーク
西澤保彦　解体諸因
西澤保彦　新装版 七回死んだ男
西澤保彦　殺意の集う夜
西澤保彦　人格転移の殺人
西澤保彦　麦酒(ばくしゅ)の家の冒険
西澤保彦　ソフトタッチ・オペレーション
西澤保彦　新装版 瞬間移動死体
西澤保彦　いつか、ふたりは二匹
西村健　ビンゴ
西村健　脱出 GETAWAY
西村健　突破 BREAK
西村健　劫火1 ビンゴR(リターンズ)

西村 健　劫火2 大脱出
西村 健　劫火3 突破再び
西村 健　劫火4 激突
西村 健　笑い犬
西村 健　ゆげ福〈博多探偵事件ファイル〉
西村 健　はしご〈博多探偵ゆげ福〉
西村 健　完食！〈博多探偵ゆげ福〉
西村 健　残火
西村 健　地の底のヤマ(上)(下)
西村 健　光陰の刃(上)(下)
楡 周平　青狼記(上)(下)
楡 周平　陪審法廷
楡 周平　宿命(上)(下)〈ワンス・アポン・ア・タイム・イン・東京〉
楡 周平　血戦〈ワンス・アポン・ア・タイム・イン・東京2〉
楡 周平　修羅の宴(上)(下)
楡 周平　レイク・クローバー(上)(下)
西尾維新　クビキリサイクル〈青色サヴァンと戯言遣い〉
西尾維新　クビシメロマンチスト〈人間失格・零崎人識〉
西尾維新　クビツリハイスクール〈戯言遣いの弟子〉

西尾維新　サイコロジカル(上)〈兎吊木垓輔の戯言殺し〉(下)〈曳かれ者の小唄〉
西尾維新　ヒトクイマジカル〈殺戮奇術の匂宮兄妹〉
西尾維新　ネコソギラジカル(上)〈十三階段〉
西尾維新　ネコソギラジカル(中)〈赤き征裁vs.橙なる種〉
西尾維新　ネコソギラジカル(下)〈青色サヴァンと戯言遣い〉
西尾維新　ダブルダウン勘繰郎　トリプルプレイ助悪郎
西尾維新　零崎双識の人間試験
西尾維新　零崎軋識の人間ノック
西尾維新　零崎曲識の人間人間
西尾維新　零崎人識の人間関係　匂宮出夢との関係
西尾維新　零崎人識の人間関係　無桐伊織との関係
西尾維新　零崎人識の人間関係　零崎双識との関係
西尾維新　零崎人識の人間関係　戯言遣いとの関係
西尾維新　xxxHOLiC アナザーホリック ランドルト環エアロゾル
西尾維新　難民探偵
西尾維新　少女不十分
西尾維新　本題〈西尾維新対談集〉
西尾維新　掟上今日子の備忘録
西村賢太　どうで死ぬ身の一踊り

西村賢太　夢魔去りぬ
仁木英之　千里伝
仁木英之　時輪の轍〈千里伝〉
仁木英之　武神の賽〈千里伝〉
仁木英之　乾坤の児〈千里伝〉
仁木英之　真田を云て、毛利を云わず〈大坂将星伝〉(上)(下)
仁木英之　まほろばの王たち
西川善文　ザ・ラストバンカー〈西川善文回顧録〉
西川 司　向日葵のかっちゃん
西村雄一郎　殉愛〈原節子と小津安二郎〉
西 加奈子　舞台
貫井徳郎　新装版 修羅の終わり(上)(下)
貫井徳郎　鬼流殺生祭
貫井徳郎　妖奇切断譜
貫井徳郎　被害者は誰？
A・ネルソン　「ネルソンさん、あなたは人を殺しましたか？」
野村 進　コリアン世界の旅
野村 進　救急精神病棟
野村 進　脳を知りたい！

講談社文庫　目録

帚木蓬生　日御子(上)(下)
坂東眞砂子　欲情
花村萬月　皆月
花村萬月　空は青いか〈萬月夜話其の一〉
花村萬月　犬でわるいか〈萬月夜話其の二〉
花村萬月　草臥し日記〈萬月夜話其の三〉
花村萬月　少年曲馬団(上)(下)
花村萬月　ウエストサイドソウル〈西方之魂〉
花村萬月　信長私記
花村萬月　續信長私記
畑村洋太郎　失敗学のすすめ
畑村洋太郎　失敗学実践講義〈文庫増補版〉
畑村洋太郎　みる わかる 伝える
花井愛子　ときめきイチゴ時代〈ティーンズハートの1987～1997〉
はやみねかおる　そして五人がいなくなる〈名探偵夢水清志郎事件ノート〉
はやみねかおる　亡霊は夜歩く〈名探偵夢水清志郎事件ノート〉
はやみねかおる　消える総生島〈名探偵夢水清志郎事件ノート〉
はやみねかおる　魔女の隠れ里〈名探偵夢水清志郎事件ノート〉
はやみねかおる　踊る夜光怪人〈名探偵夢水清志郎事件ノート〉
はやみねかおる　機巧館のかぞえ唄〈名探偵夢水清志郎事件ノート〉
はやみねかおる　ギヤマン壺の謎〈名探偵夢水清志郎事件ノート外伝〉
はやみねかおる　徳利長屋の怪〈名探偵夢水清志郎事件ノート外伝〉
はやみねかおる　都会のトム＆ソーヤ(1)
はやみねかおる　都会のトム＆ソーヤ(2)〈乱！RUN！ラン！〉
はやみねかおる　都会のトム＆ソーヤ(3)〈いつになったら作戦終了？〉
はやみねかおる　都会のトム＆ソーヤ(4)〈四重奏〉
はやみねかおる　都会のトム＆ソーヤ(5)〈IN塀戸〉(上)(下)
はやみねかおる　都会のトム＆ソーヤ(6)〈ぼくの家へおいで〉
はやみねかおる　都会のトム＆ソーヤ(7)〈怪人は夢に舞う〈理論編〉〉
はやみねかおる　都会のトム＆ソーヤ(8)〈怪人は夢に舞う〈実践編〉〉
はやみねかおる　都会のトム＆ソーヤ(9)〈前夜祭 内人side〉
はやみねかおる　都会のトム＆ソーヤ(10)〈前夜祭 創也side〉
勇嶺薫　赤い夢の迷宮
橋口いくよ　猛烈に！アロハ萌え
橋口いくよ　おひとりさまで！アロハ萌え〈MAHALO HAWAII〉
服部真澄　極楽行き〈清談 佛々堂先生〉
服部真澄　天の方舟(上)(下)
服部真澄　クラウド・ナイン
早瀬詠一郎　つげの箸〈裏十手からくり草紙〉
早瀬詠一郎　平手造酒
早瀬乱　三年坂 火の夢
早瀬乱　レイニー・パークの音
初野晴　1/2の騎士
初野晴　トワイライト博物館
初野晴　向こう側の遊園
原武史　滝山コミューン一九七四
原武史　沿線風景
濱嘉之　警視庁情報官〈シークレット・オフィサー〉
濱嘉之　警視庁情報官 ハニートラップ
濱嘉之　警視庁情報官 トリックスター
濱嘉之　警視庁情報官 ブラックドナー
濱嘉之　警視庁情報官 サイバージハード
濱嘉之　警視庁情報官 ゴーストマネー
濱嘉之　鬼手〈世田谷駐在刑事・小林健〉
濱嘉之　電子の標的〈警視庁特別捜査官・藤江康央〉
濱嘉之　列島融解
濱嘉之　オメガ 警察庁諜報課

講談社文庫　目録

濱　嘉之　オメガ　対中工作
濱　嘉之　ヒトイチ　警視庁人事一課監察係
濱　嘉之　ヒトイチ　画像解析〈警視庁人事一課監察係〉
濱　嘉之　ヒトイチ　内部告発〈警視庁人事一課監察係〉
濱　嘉之　カルマ真仙教事件(上)(中)(下)
橋本　紡　彩乃ちゃんのお告げ
馳　星周　やつらを高く吊せ
馳　星周　ラフ・アンド・タフ
早見　俊　右近の鯔背銀杏〈双子同心捕物競い(一)〉
早見　俊　同心の鑑〈双子同心捕物競い(二)〉
早見　俊　上方与力江戸暦
畠中　恵　アイスクリン強し
畠中　恵　若様組まいる
畠中　恵　若様とロマン
はるな愛　素晴らしき、この人生
葉室　麟　風渡る
葉室　麟　風の軍師〈黒田官兵衛〉
葉室　麟　星火瞬く
葉室　麟　陽炎の門

葉室　麟　紫匂う
葉室　麟　山月庵茶会記
長谷川　卓　獄神伝〈上・白銀渡り〉〈下・湖底の黄金〉
長谷川　卓　獄神伝　無坂(上)(下)
長谷川　卓　獄神伝　孤猿(上)(下)
長谷川　卓　獄神伝　鬼哭(上)(下)
長谷川　卓　獄神列伝　逆渡り
長谷川　卓　獄神伝　血路
長谷川　卓　獄神伝　死地
HABU　誰の上にも青空はある
幡　大介　猫間地獄のわらべ歌
幡　大介　股旅探偵　上州呪い村
原田マハ　夏を喪くす
原田マハ　風のマジム
原田マハ　あなたは、誰かの大切な人
羽田圭介　「ワタクシハ」
羽田圭介　コンテクスト・オブ・ザ・デッド
原田ひ香　アイビー・ハウス
原田ひ香　人生オークション

花房観音　女坂
花房観音　指人形
花房観音　恋塚
畑野智美　海の見える街
畑野智美　南部芸能事務所
畑野智美　南部芸能事務所 season2 メリーランド
畑野智美　南部芸能事務所 season3 春の嵐
畑野智美　南部芸能事務所 season4 オーディション
早見和真　東京ドーン
はあちゅう　半径5メートルの野望
早坂　吝　○○○○○○○○殺人事件
早坂　吝　虹の歯ブラシ〈上木らいち発散〉
早坂　吝　誰も僕を裁けない
浜口倫太郎　22年目の告白〈―私が殺人犯です―〉
浜口倫太郎　廃校先生
浜口倫太郎　シンマイ！
原田伊織　明治維新という過ち〈日本を滅ぼした吉田松陰と長州テロリスト〉
原田伊織　列強の侵略を防いだ幕臣たち〈続・明治維新という過ち〉
原田伊織　虚像の西郷隆盛　虚構の明治150年〈明治維新という過ち・完結編〉

2018年12月15日現在